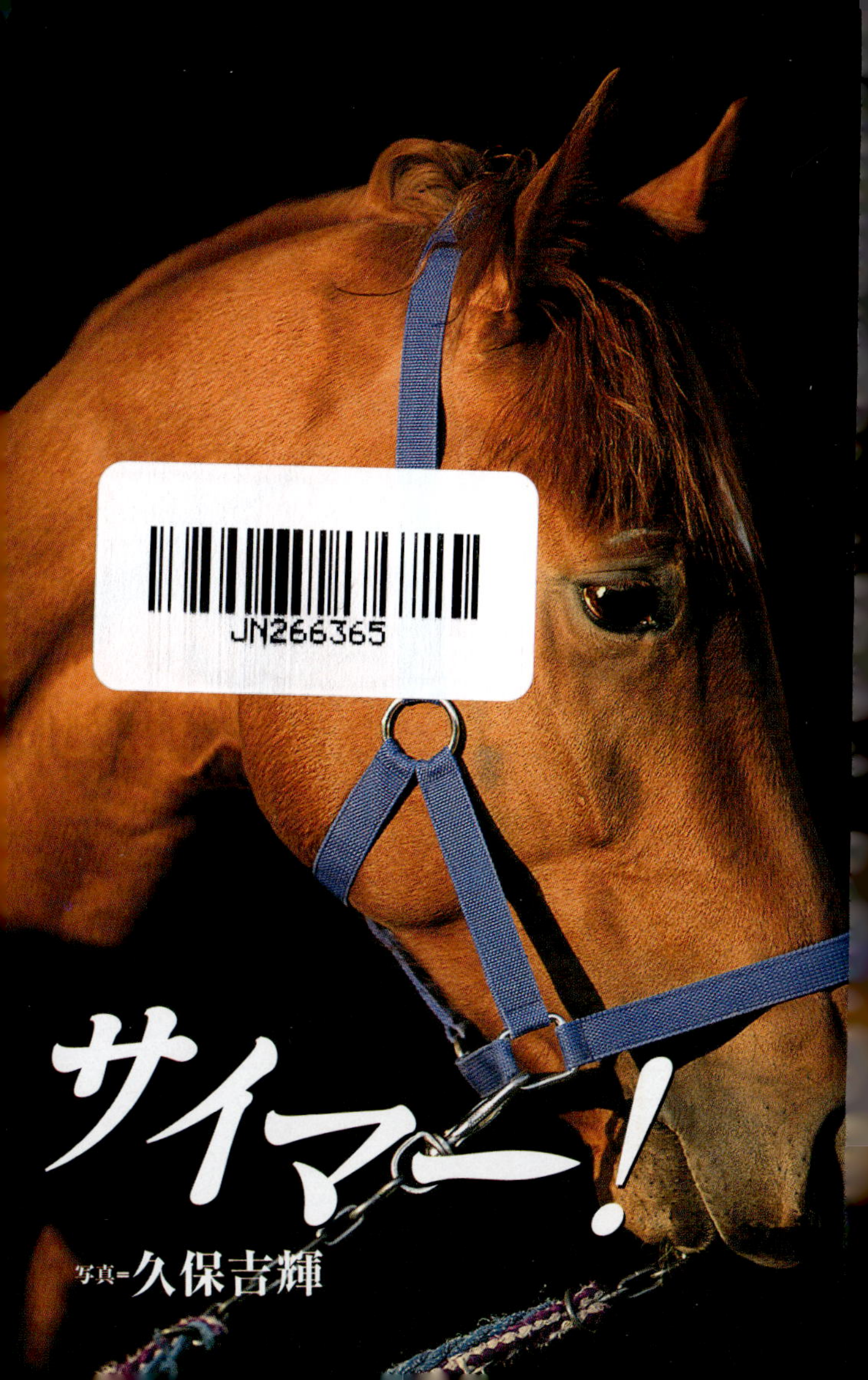

JN266365

サイマー！

写真＝久保吉輝

28

ケンタッキー・ダービー

アメリカ・ケンタッキー州のチャーチルダウンズ競馬場（下も）。本文p.204〜参照。

1998年のブリーダーズ・カップにて

ドバイの夜。招待客をもてなすデザート・パーティにて。本文p.238〜参照。

パリ郊外、ロンシャン競馬場のレース風景。本文p.81〜参照。

香港シャティン競馬場にて（下も）。本文p.132〜参照。

フランス、シャンティイ競馬場。本文p.113〜参照。

イギリス、アスコット競馬場。本文p.263〜参照。

イギリス、アスコット競馬場のパドックにおける馬主とジョッキーたち

アスコット競馬場で勝馬の馬主に
トロフィーを贈るエリザベス女王

アスコット競馬場

アスコット競馬場にて。勝馬デイラミとデットーリ騎手。本文p.268参照。

アスコット競馬場にて
（上も）

サイレンススズカ最後の
雄姿。本文p.289参照。

集英社文庫

サイマー！

浅田次郎

集英社版

サイマー! とは
中国語で賽馬——sài mǎ
競馬のことをいう。

目次

府中はわがふるさと 9
中山名物オケラ街道 17
ここは天下の名古屋だ 27
遠くて近い新潟競馬 36
日本ダービー「裏」観戦記 45
フィレンツェ。マロニエの木陰 55
直木賞。日帰りの札幌 64
阪神競馬のグッドセンス 72
二十八年目の凱旋門 81
シャンティイの森 113
世界一の優雅 123
賽馬の街。香港 132
指定席の復権! 142

競馬は気儘に　149
孔子も勧める博奕　156
アメリカのいじらしさ　163
本場のダービーへ行こう　170
温泉付きの函館競馬　176
運。あるいは奇蹟　183
さらば、お手馬　190
幻の凱旋門賞的中馬券　197
ラスベガスからケンタッキー　204
遥かなり、中山　217
ぼくのスペシャル・ランチ　224
オーストラリアの健全カジノ　231
ドバイ。星と砂の国　238
只今連敗中　244
只今連勝中　250

飯坂温泉に行きたい！ 256
英国王室のアスコット 263
モントリオールで『鉄道員《ぽっぽや》』 269
無念！　エルコンドルパサー 276
ラスベガス万歳！ 283
あとがきにかえて――
合言葉は「サイマー！」 289
解説　鈴木淑子 293

サイマー！

府中はわがふるさと

東京生まれの東京育ちである私にとって、府中はいわばふるさとの馬場である。

いや、ふるさとそのものと言って良いのかもしれない。

根無し草のように二十数回も都内を転居し続けてきた私は、それでも週末になれば必ず府中か中山のスタンドに立っていた。ことに交通の便が良い府中は、収入の多寡、身の浮沈、その他個人的事情にいっさい関係なく、開催中はほとんど朝から通いつめてきた。

まさか「ただいま」「行ってきます」とは言わないが、開門と同時に馬場入りするときには何となく心がホッとし、最終レースが終わって帰るときには、言うにつくせぬ淋しさを感ずる。まさしく「ふるさと」または「生家」である。

ふと東京の地図を開いて、三十年におよぶ競馬歴と私の住居の位置関係を調べてみた。

初めて馬券を買ったのは昭和四十四年、ダイシンボルガードが勝った日本ダービーで、そのとき私は新宿の柏木に住んでいた。つまりそこを起点として私の馬券人生はスタートするわけなのだが、その後の転居の過程を分析してみると、どうも競馬のために家を選んでいたフシがある。

まず、新宿の近辺で四度ほど転居をしている。新宿から府中までは京王線の特急で二十分、いざというときには南口の場外馬券売場という手もある。平日の仕事と週末の競馬を合理的に両立させるロケーションとしては、最適だったのである。

所帯を持って新居と定めたのは、京王線沿線の千歳烏山《ちとせからすやま》だった。

地価高騰以前のそこは、まだあちこちに畑の残る郊外だった。家人はナゼ千歳烏山なのかと訝《いぶか》しんだものである。もちろん理由は、挙式の翌週末にバレた。

玄関を出てからスタンドまでものの十五分という夢のような暮らしが十年続いた。

その後さらなる便宜を求めて、稲城《いなぎ》市に転居した。要するに東京競馬場のスタンドの真正面、多摩丘陵の麓《ふもと》である。

このときはいっそ府中にしちまおうかとも思ったのだが、名刺を差し出したとき「東京都府中市」ではあまりにも露骨であろうと考え、裏門に近い場所を選んだのである。

バイクでわずか十分。昼休みには家に帰れるという、すばらしい「職住近接」であった。

平日は売れない小説を書き、週末は競馬場に通うという生活がここでも十年続いた。

そうこうするうちに、神仏の加護か競馬の功徳かは知らんが、突然と小説が売れ始めた。

書物が家の中に氾濫《はんらん》し、子供も成長し、猫も増え、来客も多くなったので再び転居を余儀なくされた。

こうなると、目標は府中しかない。幸いそのころには小説を書くかたわら、競馬エッセイの執筆やレース予想など、わが家で呼び習わすところの「競馬仕事」が多くなっていたので、「東京都府中市」の名刺にも大義名分が立った。

ほぼ一年間、ころあいの物件を探した。

しかし、バブル崩壊後で都内はどこへ行っても売却不動産ばかりであるにもかかわらず、府中には格好のものが見つからなかった。

ことに「競馬場から徒歩圏内」という条件を満たすものはなかった。余りに都合の良すぎる指定ではあるが。

平成八年の夏、ようやく府中の隣町、日野市に住居を定めた。徒歩圏内ではないが、こうして原稿を書いている書斎の窓からは、競馬場のスタンドが指呼の間に望まれる。

三十年間さまざまの有為転変があったが、やはり「実家」のそばは心が安らぐ。


初めて馬券を購入したのはダイシンボルガードの勝った日本ダービーである。

これはまちがいない。

私は一番人気タカツバキから何点かの流し馬券を買っており、ということはつまり、スタート直後に悲惨な目に遭ったのである。

そう、オールド・ファンはみなさんほくそ笑んでいることだろうが、タカツバキ号はスタート直後に落馬した。

ビギナーズ・ラックというものはたしかにあるが、これほど劇的なビギナーズ・アンラックを体験した競馬ファンはおるまい。まさしく劇的に、私の競馬人生は幕を開けたのだった。

いったい何を考えたのだろう。

ともかく大金を失ったのち、夕昏のせまる大国魂神社の境内でボンヤリとしていた記憶がある。

ユニット式馬券の登場するはるか昔、馬券の単位は二百円と五百円、そして「特券」と呼ばれた千円券だった。大国魂神社の欅《けやき》の根元で、輪ゴムでとめたはずれ馬券の束を捨てるに捨てきれず、いつまでも未練がましくながめていた。

投資金額がいくらであったかは忘れたが、おそらく呆然自失するほどの金を失ったのだろう。

わずか二分三十秒の間にこんな大金が消えてしまうのだから、的中したらさぞかしおいしいだろう、と考えた。かくてその翌週から、私の真剣かつストイックな競馬人生が始まった。

ビギナーズ・ラックをきっかけにして競馬を始めた人の話はよく耳にするが、軸馬の落馬というアンラックから馬券に嵌《は》まりこんだファンはさぞ珍しかろう。

今でも中央スタンドの高みからターフを見下ろすと、ときどき三十年前の運命の一瞬が甦《よみがえ》る。フルゲート二十八頭の若駒が、ダービー・ポジションをめざして殺到した第一コーナーの手前。タカツバキの嶋田功騎手は、フッと煙のように私の視界から消えた。

馬券を初めて購入したのは昭和四十四年のダービーだが、実はそれ以前にも何度か、東京競馬場に行っている。

物心つくかつかぬかの、ほんの小さなころである。稀代のギャンブル好きであった祖父に連れられて、競馬場に行った。正確にはいつのことかわからないが、おそらく昭和三十年代も前半であったろうと思う。

手元の資料からダービー馬の名を拾えば、オートキツ、ハクチカラ、ヒカルメイジ、ダイゴホマレ、コマツヒカリ、コダマ――まあそういったヒーローたちの時代であろう。いずれにしろシンザン以前だったことは確かである。

おぼろな記憶によると、パドックから本馬場へ入場する通路は、地上につけられていたと思う。つまりガラス張りの新館どころか東スタンドもなく、パドックから出た馬たちは中央スタンドの端を通って馬場入りした。そのあたりの柵にしがみついて、サラブレッドの雄姿を見上げた記憶がある。

ジョッキーは何と格好いいのだろうと思った。

ちなみに、再び手元の資料から前記ダービー馬の騎手の名を挙げてみる。二本柳俊夫、保田隆芳、蛯名武五郎、伊藤竹男、古山良司、栗田勝――そういう時代だった。

シャレ者だった祖父は、毎週鳥打帽を冠《かぶ》り、細いネクタイを締めて競馬場に通った。亡くなったのは昭和四十五年、タニノムーティエがダービーを制した年の冬だった。つまり孫に赤エンピツを託して、スタンドを去ったようなものである。

病床でダービーの結果を訊かれ、タニノムーティエとダテテンリュウの③―④だと答えたら、「ふうん。やっぱしそれっかねえよなあ」と答えた。

こんな会話があったように思う。

「で、いくらつけた？」

「千円ちょうど」

「へえ。そいつァつけすぎだ。おめえ、とったのか？」

「いや、アローエクスプレスから買っちゃったよ」

「ばっかくせえ。アローは二千までの馬だってあれほど言ったろうが」

「でも五着に来たよ」

「一番人気が五着じゃ惨敗だ。あのチャカチャカした小走りじゃあ、ダービーは用なしさ。いいかい、菊花賞でも人気をしょうだろうけどアローだけァ買うな。ドブに捨てるようなものだぞ」

実際、アローエクスプレスは祖父の予想通りに菊花賞でも一番人気に支持され、ダテテンリュウの九着に敗れた。

祖父は血統論者ではなかったと思う。当時は今日のように血統的な予想を立てる人はあまりおらず、アローエクスプレスに流れていた典型的スプリンター・スパニッシュイクスプレスの血を、誰も信じようとはしなかった。

祖父は雄大な馬格にもかかわらず小さなストライドで走るアローエクスプレスを、皐月賞までの馬だと見切っていたのだろう。

競馬が今日のように市民権を得てはおらず、情報もとぼしかったあの時代には、祖父ばかりではなくそういう玄人はだしの相馬眼《そうばがん》を持った馬券師が大勢いたのではあるまいか。

その年の有馬記念は、野平祐二騎乗のスピードシンボリが史上初のグランプリ二連覇を達成した。

スピードシンボリがひいきであった祖父は、快哉を叫ぶかと思いきや、病み弱まった瞼《まぶた》を淋しげに落として呟《つぶや》いたものだ。

「アカネテンリュウは、運のない馬だねえ」

それが最後の言葉になった。

二年連続してスピードシンボリの二着に甘んじたアカネテンリュウは、たしかに運のない馬だった。

祖父のトレードマークだった細身のネクタイは、今でも持っている。毎年の有馬記念にはそれを締めて中山に行くのが、三十年も続く私のならわしである。

中山競馬場はすっかりリニューアルされて往時をしのぶよすがすらないが、府中のたたずまいはそれほど変わってはいない。

いつまでも変わらぬふるさとの家のようで、できることならこの先も、ガラス張りの指定席にして欲しくはないと思う。

内馬場から見たメイン・スタンド。パドック裏の庭園。東門外の掛茶屋。そうした風景は祖父が見たものと、どこも変わってはいない。

競馬場の周辺にしても、かつて畑や田圃ばかりだった中山界隈はマンション街になってしまったが、もともと古い屋敷町だった府中はほとんど変わっていない。

駅前の雑多な商店街を抜け、大国魂神社の欅の森をしばらく歩くと、昔とそっくり同じ姿のスタンドが現れる。

ふるさとの小径を歩き、木立の中に生家の甍《いらか》が見えたような気持ちになる。

三十年の間いろいろなことがあったが、生家が絶え、ふるさともビルの谷間に埋もれてしまった根無し草の私にとって、東京競馬場はかけがえのない安息の場所である。

週に一度そこに帰るのは、べつに贅沢《ぜいたく》ではあるまい。少し手みやげはかさむが。

中山名物オケラ街道

競馬がローカルから秋の中山へと舞台を移したとき、あるいは府中からの開催変わりのとき、ロマンもレジャーもくそくらえの「いざ勝負」と身構えるのは、たぶん私ばかりではあるまい。

なぜだろう。理由は二つあると思う。

ひとつは、中山競馬そのものが短い直線やゴール前の急坂や変形外回りコースといった、さまざまのドラマチックな要素に満ちており、予想も一筋縄ではいかないからである。

もうひとつの理由は、狭いスタンドに大勢のファンが押し寄せ、他の競馬場では味わえない鉄火場的な雰囲気があるからである。

近年の大改装によって、日本一、いやたぶん世界一デラックスな競馬場に生まれ変わったが、なぜかその緊張感は昔と変わらない。

府中と中山は、まるで競馬会が作為的にプロデュースしたのではないかと疑われるほど対称的な競馬場である。

まず左回りと右回り。直線の長さ。ダートコースの砂の深さ。パドックの形状。障害レースに至っては、片や連続障害、片やバンケットで、まさに異国の競馬となる。

したがって、「府中競馬と中山競馬はまったく別物」とするのが、私のレース予想の基本である。

ただし、競馬を愛する一ファンとしては、関東二大競馬場のこの決定的なちがいはたまらなく面白い。もし両者が似たものだったとしたら、三十年近い競馬人生の途中の、どこかで飽きてしまったかもしれないとも思う。

府中のロマンチシズムに対し、中山のドラマチシズム。この対比はあたかも長い人生にこもごも訪れる恋人のようで、年に何度もこれを繰り返していれば、いかな散財をしたところで飽きるはずはない。名プロデューサーに拍手、と言うところか。

記憶をたぐってみると、忘れようにも忘れがたいドラマが、中山競馬場に多いのはなぜだろうか。

住まいの関係で、府中はホーム、中山はロードという感覚は昔からあるのだが、にもかかわらず、ここ一番の勝負は中山が多い。

本当にそうか？　と思いつつ、三十冊に近い「現金出納帳」をめくってみると、おお、確かにその通りだ。

理由はまことに簡単。かつ単純きわまりない。

「ダートの季節が終わって、芝生が始まるぞ。クラシックが始まるぞ」

というわけで、春の中山大勝負。

「ローカルが終わって、秋競馬が始まるぞ」

で、秋の中山大勝負。

「いよいよ今年もブチおさめ、一挙挽回。餅つき競馬だぞ」

というわけで、暮れの中山大勝負。

つまり中山開催は、競馬ファンの心理上、「勝負をせずば気のすまぬ」時節に、ちゃんと用意されているのである。

したがって私の場合、いやたぶんみなさん同じだろうと思うが、これらの大勝負はレースへの興味とか予想の自信度とはもっぱら関係なく、ほとんど本能的もしくは儀式的に行われてしまう。

ここに当然のごとく、「忘れようにも忘れがたいドラマ」が構成されることになる。

中山競馬場を頭の中でイメージしたとき、必ずと言って良いほど寒風吹きすさぶ年の暮れを思い出してしまうのは、その季節の中山がパブリックにおいてもプライベートにおいても、一年の競馬ドラマのクライマックスに位置しているからであろう。

競馬と言えば暮れの中山、暮れの中山と言えばオケラ街道――と、ついつい連想してしまうのは、われらオールド・ファンの悲しい性である。

べつだん中山コースが「不得手」というわけではないのだが、勝って歓喜した思い出よりも、オケラになって泣く泣く帰る田圃道の記憶の方が、どうしても生々しい。

交通の便の良い府中は、オケラにされてもたちまち目の前の京王線に乗り、一直線に日常生活へと帰還できる。

その点、船橋法典駅《ふなばしほうてん》がオープンする以前の中山は辛かった。

バスは長蛇の列で並ぶ気にもなれない。乗ったところでノロノロの大渋滞はわかりきっているので、京成の東中山か総武線の西船橋まで歩くことになる。これがすなわち、中山名物オケラ街道である。

西船橋まで、さっさと歩けば二十分かそこいらなのだが、人々はみな力なくうなだれて歩いており、当然自分もその一人なので、ダラダラと三十分もかかった。

最終レースの終了した年の瀬の夕まぐれ、オケラ街道の入口から振り返れば、改装前の殺伐とした大スタンドが、「あばよ」という感じでそそり立っていた。

関東平野のまっただ中にある中山競馬場は、ともかく風が強い。ユニット馬券が導入される以前、一点一枚の厚紙馬券が風に舞い上がり、指定席からは大口のロール馬券（一枚ずつ裁断されていないロール状の千円券のこと）が、たくさん投げ落とされており、そのさまはまるで、今し桟橋を出港して行く大型客船のようであった。

オケラ街道はおおむね農家の門や塀に沿った一本道なのだが、近道もいろいろとあった。この近道が、またわびしい。枯れ田の畦道《あぜみち》なのである。俯いたオケラたちが、一列縦隊になってとぼとぼと歩いて行くさまは、わびしさを通り越して何だか痛ましかった。

かつて「たかが競馬、されど競馬」という名キャッチ・コピーがあったが、きっとこの文句の作者も、オケラ街道を歩いたことがあるのだろう。競馬の喜怒哀楽を知りつくしていなければ、とうてい思いつく言葉ではない。

冬枯れた田圃の中を行くオケラ街道には、オケラたちを相手にする商売が店開きをしていた。

まずデンスケ賭博。私は用心深い性格なのでこれに嵌《は》まったことはないが、路上に立ったままバクチを開帳し、巧妙なテンポで通りすがりの客の有り金を、ごっそり巻き上げるというようなものであったらしい。

あちこちにイラスト入りの「デンスケ賭博にご用心」という看板が立っているわりには、このバクチの犠牲者は跡を絶たなかった。

「ケツの毛まで抜かれた」とは、まさしくこのことである。

怪しげな物売りも多かった。路端にゴザを敷いて、ズボンやベルトを山盛りにし、たいてい何人かのサクラが大声で感心したり、ごっそりと買って行くふりをしていた。

売り手とサクラとのセリフの掛け合いが面白く、それを聞くために使いもせぬベルトを何度か買って帰った経験がある。

「何でこんなに安いんだ。半値以下じゃねえか」

「そりゃお客さん、うちは製造直売、問屋も通さなきゃ宣伝もしねえからさ。品物にまちがいはねえよ」

「よし、これ三本もらった。人にあげたっていいや」

などと言いながら、客が一回転すればコロリと話が変わる。

「何でこんなに安いんだ、半値以下じゃねえか」

「そりゃお客さん、ここだけの話だがよ。この年の瀬に給料が払えねえってんで、ほれ、段ボールに三杯。俺ァ職人だから口上は苦手だが、品物にまちがいはねえよ」

「よし、これ三本もらった。人にあげたっていいや」

という具合である。

私が耳にした限り、この「製造直売」「現物給与」バージョンの他にも、「倒産品」「金融質流れ」「デパートからの急な返品」「少々難あり」というさまざまの掛け合いがあり、どれもかなり正確にマニュアル化されているようであった。

中でも傑作は、「納品に行こうと思ったら競馬で負けたからヤケクソだ」というバージョンがあり、これは場所がら妙に説得力があったので良く売れていた。

まともな商売としては、焼きイカ、焼きモロコシ、焼鳥、お好み焼などの屋台が、えんえんと軒を並べていた。

名物の焼きイカはそのころ一本百円だったが、歩きながらそれをかじると、百円の有難味が腹にしみたものである。

有馬記念の帰り、何となく思い立ってオケラ街道を歩いてみた。

振り返れば新装なったガラス張りのスタンドは、まさか「あばよ」とは言わず、「本日はまことにありがとうございました。またのお越しを心よりお待ち申し上げます」、と言っているようであった。

清潔なスタンドからは、風は吹けども巻き上がる馬券すらなく、指定席から巻き落とすロール馬券など、ほとんどの人はその存在すらも知るまい。

見渡す限りの枯れ田にはマンションが競い立ち、もちろんデンスケ賭博も、怪しげな物売りもいなかった。

それでも名物の焼きイカは、道すがら何軒か出ていた。歩きながらかじり、五百円の有難味をしみじみと思い知った。

道路が整備され、交通も便利になった分、オケラ街道を西船橋まで歩く人は少なくなっていた。船橋法典駅までの長い地下道が、「新オケラ街道」になったのであろう。

中山競馬の醍醐味《だいごみ》は、ゴール寸前まで目が離せないという緊迫感である。

小回りコースであるから距離に関係なく先行馬が有利であることにちがいはないが、しばしばゴール前の急坂で逃げ馬が失速し、差し馬が計ったように殺到する。

思わず声が出る、というケースは、府中より中山の方がずっと多い。しかも、中山の場合はそのデッドヒートがほんの一瞬のことなので、ともすると自分がいつ声を出したのかもわからない。

つまり府中では、

「オーカーベー！　サーセーッ！」

であるが、中山の場合は、

「オカベッ！　サセッ！」

となる。

しかも、スタンドからコースまでの距離が近いので、何となく自分の声が岡部の耳に届き、そのせいで岡部が差し切った、という気がする。こと臨場感という点では、中山は府中の比ではない。

初めて行った競馬場が府中であるか中山であるかによって、ファンの競馬観はまったくちがう、という説がある。

馬券的トラウマ、とでも言うのか、あるいは出自のちがい、とでも言おうか、ともあれなかなか興味深い説である。

わかりやすく言うなら、府中出身の本命党に対する中山出身の穴党。追い込み重視の府中派に対する逃げ先行重視の中山派。府中の流し馬券に対する中山の鉄火馬券、と言うところか。

誰でも初めて競馬場に行くときは、多少なりとも競馬を知っている友人に同行する。と、その友人はたいてい先輩風を吹かして、蘊蓄《うんちく》をたれる。そこで初心者は、「競馬とはこういうものだ」という認識を、まっさらの頭の中に刷りこんでしまい、生涯のトラウマとする、というわけである。

なかなか説得力のある説なのだが、わが身に照らしてみると、合点が行かない。私の馬券デビューは東京競馬場のダービーであったにもかかわらず、流儀は典型的な「中山流」なのである。

穴党とは言えぬまでも穴馬券を取ることを誇りとする。少なくとも本命党ではない。

近代競馬は逃げ馬が絶対有利だという信念を持っている。少なくとも追い込み一辺倒の馬を連軸に据えることは、まずない。

マークシートを何枚もコスることはしない。お手軽な「ボックス馬券」「流し馬券」は買ったためしがない。「これしかねえぞ」という鉄火馬券に命を賭ける。


中山競馬場はすっかり様変わりしてしまった。

あのデラックスな設備と絢爛《けんらん》たる意匠は、まさに世界の競馬場のお手本であろうが、古き良き中山競馬場を知るオールド・ファンとしては、いささか物淋しい気もする。

配管のむき出しになった天井。桟敷席のように宙空に張り出した、オープン・エアの指定席。馬頭観音の幟《のぼり》が翻るパドック。その裏手には、厩のような木造の穴場が並んでいた。

朝早く、あくびをしながら総武線に揺られ、西船橋の駅前から乗り合いタクシーに詰めこまれてスタンド入りした。

歓声と怒号。あちこちに凹凸のある複雑怪奇なスタンドのどこかに一日の居場所を定め、手に汗握って声を上げたあのころが懐かしい。

いつに変わらぬものは、ゴール板を過ぎるまで決して目の離せぬデッドヒートである。

もっともそれだけが変わらなければ、ファンとしてはいっこうにかまわないのだけれど。

中山芝コース１２００メートル。

たぶんこれが、世界で一番ドラマチックな競馬だろう。

ここは天下の名古屋だ

名古屋という土地に、どことなく独立国家的印象を抱いているのは私だけであろうか。

おしなべて東京人は、名古屋と縁が薄いのである。取引先や支社のあるビジネスマンか、親類でもいない限り、ほとんどの東京人は名古屋という土地を踏んだことがないのではなかろうかと思う。しかも、私の思いすごしでなければ、東京在住の名古屋出身者もきわめて少ない。

理由は簡単である。

すなわち名古屋という大都市は、自給自足のできる「国家」なのである。産業、教育、文化、宗教、観光、マスメディア、そして競馬、名古屋にはないというものがない！

というわけで、私も京都や大阪にはしょっちゅう出かけるのだが、途中駅の名古屋には少なくともこの二十年は下りたためしがなかった。もし中京競馬場がなければ、一生このさき名古屋駅で下車する用事はなかったのではなかろうかと思う。

この競馬紀行も、府中、中山と続き、第三回はいよいよドバイであろうと期待していたところ、中京であった。だが私にとっての名古屋は、さきの事情によりドバイとあまり変わらない。

二十年ほど前に、しばしばビジネスで名古屋に行った。ビジネスと言ってももちろん馬券のことではなく、カタギの商売である。

しかし当時からどっちが本業かわからなかったので、出張が週末にかかるときは名古屋場外の馬券を買った。競馬場には、中京に一度、東海公営の笠松に一度行った記憶がある。

かくて二十年ぶりに、取材と称して中京競馬場を訪れることになった。みちみちふと考えたのだが、めでたく小説家となった今でもどっちが本業なのかわからない。原稿の締切日の谷間にぽっかりと、第四十五回中京記念の開催日が嵌まっていた。

二十年の時間の経過というのはおそろしいものだ。かつては月に何度も訪れていた名古屋駅がまったく記憶になく、ましてや一度だけ行った中京競馬場が、どこにあったのかも覚えていない。

名古屋駅から名鉄に乗り、中京競馬場前駅で下りるというアプローチは、二十年前とまさか変わってはいないはずなのだが、記憶はかけらすらも残ってはいなかった。

急行で二十分、開催中は臨時停車をする中京競馬場前駅で下りる。交通は至便である。中山競馬場への面倒な乗り換えと場内の混雑とを考えれば、むしろこちらに日帰りした方が楽なのではないかなどと思う。

緩い登り坂の並木道を十分ほど歩くと、やがて真新しいスタンドが現れた。

競馬場は小高い丘の上に建っていた。このように特徴的な立地であるのに、なぜかそれすらも記憶にはない。丘の上というより、むしろ山の頂きと言った方が良いほどの眺めである。スタンドに立てば、地平線まで見はるかすことができる。スケールは小ぢんまりとしているが、これほど開放感のあるスタンドは他に類を見ないだろう。

伝統の中京記念当日ということで、場内は相当の入りだったが、このスタンドにはふしぎと猥雑感がない。清潔なせいもあるのだろうが、原因はファンの気質だろう。どなたもまことにおっとりとしており、パドックでもスタンドでも、周囲の雑音が耳に障らない。

府中や中山のパドックでは、やたらと蘊蓄をたれたり、ブツブツと独り言を言う輩がいるが、中京にはいない。名古屋人が鷹揚なのか東京人のマナーが悪いのか、ともかくまじめに競馬をやるためには、理想のファン気質である。

ところで、この日は早朝から椿事《ちんじ》が起こった。

スタンド入りしたのは第二レースの締切直前だったので、大して考えもせず馬券を買った。私の予想は熟慮型なのだが、早朝の締切まぎわに限っては、しばしば考えもせずに大金をつっこむ。

理由はある。ジンクスと言うべきかセオリーと言うべきか、私の場合なぜか「締切まぎわの馬券は良く当たり、締切まぎわの原稿はデキが良い」のである。

だからスタンドに滑りこんでモニターに「一分前」と表示されていれば、とりあえず大金を放りこむことにしている。ふしぎなことに、これが良く当たる。

この日の椿事と言うのは、ハズレ馬券が当たっていたのである。どういうことかと言うと、あわてててマークシートの馬連と枠連とをコスりまちがえていたのであった。

第二レースの未勝利戦で、ともかく新聞の印どおりに馬連の①—④をコスり、大枚をつっこんだ。結果は本命の④が消えてしまい、馬券を破り棄てようとしたところ、何と馬連を買ったつもりが枠連の①—④だったのである。これが大当たり、1740円もつけた。まさに「椿事」である。

しみじみ考えたのだが、マークシート導入以来、こういうことは誰にでもよくあるのではなかろうか。馬連と枠連のコスりまちがいの他にも、東西の相互発売が始まって、レースのコスりまちがいはさぞ多かろう。

特別三鞍の相互発売に加えて中京や小倉の全国発売レースをすべて買うとなると、相当に忙しい。オッズを見、パドックのモニターまで目を配れば、いざマークシートをコスる段になると忙しいどころかパニックに陥る。何しろわずか一時間ばかりの間に、合計七レースの馬券を買うことになるのだ。

その結果、JRAのふところにはかなりの余禄が転がりこんでいると思うのだが、さてどうだろうか。ともあれ全レースを買わねば気が済まぬという方は、ハズレ馬券を捨てる前に今一度の確認をお忘れなく。

この日、椿事はなおも続いた。

早朝の一発で本日の大勝利は確定したと思い、根がセコい私はその後チマチマと馬券を買った。いわゆる「勝ち逃げ」である。

競馬は何がいいと言ったって、誰に気がねすることなく勝ち逃げができる。どんなに大勝をしても、ＪＲＡが泣きを入れることは決してない。

これはギャンブルとしての競馬の最大のシステム・メリットなのであるから、根がセコい私は早めに大勝した場合、さらなる大勝を目論もうとはせず、あとは軽く流すことにしている。

で、その後のレースはチマチマと馬券を買い続けた。

ところが、中京競馬場は勝ち逃げを許してはくれなかった。

三月十六日の午後と言えば、近在のファンには思い当たる方もいるだろう。チマチマ馬券を買うために窓口をうろついていたところ、突然震度五の地震がスタンドを揺るがせたのである。

私はこと恐怖については鈍感なタチなので、ちょっとやそっとの地震で愕《おどろ》くことはない。しかし、あの日あの時刻に中京競馬場におられた方はおわかりと思うが、その揺れ方と言ったら、ちょっとやそっとではなかったのである。

スタンド全体が、大波に襲われた船のようにユサユサと揺れた。しかも、時間が長かった。とっさに、さる大震災で潰れてしまった阪神競馬場の姿が瞼に甦った。あのニュース・グラビアを見たときは、「ああ、開催中じゃなくて良かったなあ」とつくづく思ったものだが、中京競馬は開催中なのだァ！

しかも第四十五回中京記念当日、スタンドは満員御礼の盛況である。そこに折あしくちょっとやそっとではない地震がくれば、いかに鈍感な私でも愕く。いや、愕くなどというなまなかなものではなかった。恥ずかしながら柱にしがみつき、悲鳴を上げた。

思えば今日まで波瀾万丈の人生だった。このところどうも物事がうまく行きすぎると思っていたら、結局こういうことだったのか。二十年ぶりにたまたま訪れた中京競馬場で、たまたま大地震に遭遇して一巻の終わりとは、いかにも私の人生のエピローグにふさわしい。

などと思いつめるうちに、地震はおさまった。

しかし、私の心の揺れはおさまらなかった。立ち上がったときいったい何を考えたのかと言うと、生きているうちに力いっぱい馬券を買おうと誓ったのだ。

というわけで、私は地震をしおに力いっぱい馬券を買い続け、オケラになった。

椿事と言えば、椿事である。

笑い話はさておき、中京競馬場の魅力に話題を戻そう。

直線313・8メートル。左回り。ゴール前にゆるい上り坂。

これが芝コースの諸元である。一般に小回りコースのイメージがあるが、数字上はさほどでもない。東京競馬場の500・4メートル、新潟競馬場の外回り427・3メートルに比べればずっと短いが、中山競馬場の310メートルよりは長いのである。

札幌の266・1メートル、福島の271メートル、小倉の284・5メートルに比べれば、ずっと長い。

しかも平成五年の改造工事によって、ゴール手前140メートルに高低差0・6メートルの上り勾配がつけられた。つまり、あながち先行有利とは言い切れぬコースなのである。

もう一点、中京コースにはあまり知られていないマジックがある。

コーナー部分にスパイラル・カーブという造作が施されているのである。これはちょっと説明が難しいが、つまりコーナー曲線部が、半円を四等分した45度ずつの四つのカーブで構成されており、カーブ半径が徐々に小さくなるため、馬はスムースにコーナーリングができる。

中京の第四コーナーで、追い込み馬がそれほど外に振られないのは、このスパイラル・カーブのせいである。テレビモニターでよく観察すると、馬群がこの部分であまりバラけずに、ひとかたまりになってグイッと回ってくる。

三角まくりが利かなければもう用無しと信じられていた中京で、近ごろけっこう直線のデッドヒートが見られるのは、勾配の設置とスパイラル・カーブのせいなのだ。

さらに、中京は丘陵地帯にあるため、きわめて水はけが良い。競馬のセオリーにより、この雨では追い込みは届くまいと思いきや、しばしば信じ難い後方一気が利く。

われわれオールド・ファンは、ともすると長い経験に培われた「セオリー」を信奉しがちだが、実は目まぐるしく進化する馬券の発売システムや競馬場の設備と同様に、レース・コースも改良されているということを忘れてはなるまい。

平成五年の大改造以来、中京競馬場のコースは、かつての「平坦・小回り・先行有利」のローカル・イメージとは程遠いものとなった。だが、そうかと言って他の四大競馬場とも明らかにその性格は異なる。

きわめて精密に計画された、個性的なコースであることはまちがいない。


地震の影響でオケラになった私は、たそがれのスタンドを後にした。

それにしても、名古屋のファンはどうしてこうも穏やかなのだろう。

中山競馬場から船橋法典駅に向かう長い地下道は、いつもやり場のない怒りで煮えたぎっている。また、最終レースをおえた府中本町駅や府中競馬正門前駅は、怒りを通りこして何やら哀切な厭世感が漂っている。

しかし、名鉄の車内は明るかった。小さな中京競馬場前駅のホームはファンで溢れ返っていたが、どことなく整然としており、到着した電車のドアに、われ先に殺到するというふうもなかった。

ああ、こういう土地柄から織田信長や豊臣秀吉は生まれたのだな、としみじみ思った。そういえば、オグリキャップも名古屋の出身だった。

地震の影響でオケラになった私を、地震の影響で止まってしまった新幹線が待っていた。

まさに泣きツラにハチである。

去年の夏、台風の影響でオケラにされたうえに、台風の影響で飛行機が欠航したという札幌での悲惨な出来事を思い出し、暗澹《あんたん》となった。

しかし、新幹線はタイム・オーバーながら何とか走ってくれた。東京駅まで三時間半を要する長旅となったが、おかげでグッスリと眠ることができ、あろうことかハイセイコーが高松宮杯を制した夢を見た。

小雨のそぼ降る中京の2000メートル。61キロの極量を背負って、危なげなく圧勝したハイセイコーは強かった。

今年はフラワーパークの快走を見に出かけるとしよう。

地震さえなければ、東京駅から中京のスタンドまでわずか二時間ちょっと。府中の雑踏で燃えたぎった頭を冷やすのには、格好の遠征である。

地震のおかげで特急券は払い戻し。何となく勝った気分になった。

遠くて近い新潟競馬

子供のころ、新潟という土地は北海道や九州と同じくらい遥かに遠いところだと思っていた。

いや実際に、上越新幹線も関越自動車道も夢物語であったそのころ、上野駅からはるばる夜汽車に揺られて行く新潟は誰にとっても遠い場所だったにちがいない。

生家は神田でカメラの卸売業を営んでいた。

「若い衆《し》さん」と呼んでいた若い従業員たちがみな茨城県と新潟県の出身者だったのは、おそらく集団就職の少年たちを採用していたからだろう。毎年春になると、学生服を着た頬の赤い少年たちが何人か、家続きの住み込み部屋にやってきた。

彼らはたいてい数カ月か、せいぜい一年も経たぬうちに勤めを辞め、荷物をまとめてどこかへ行ってしまった。昭和三十年代の集団就職の実態とは、そんなものだったのだろう。オリンピック開催に向けてめくるめく高度成長の端緒についた東京には、無限の夢が満ちており、職場はどこも人手が足らなかった。

坊主頭にポマードを塗り始めるころになればすぐ、彼らは用意された夢に気付いたのだった。

Ｆさんという新潟出身の古株がいた。

古株といっても全員が中学卒の丁稚奉公から始まる商家のことだから、年齢は二十代の半ばくらいだったと思う。Ｆさんはいわば住み込み部屋の名主だった。

Ｆさんの夢はいずれブラジルに移住して農園主になることだった。だから職を転々としたりせずにじっくりと腰を落ちつけ、「あるぜんちな丸」に乗って太平洋を渡る機会を待っているのだった。少なくともＦさんは、そう口癖のように言っていた。

後年の噂によれば、どうもＦさんのこの夢は叶わなかったらしい。ブラジル移民という夢は、当時の青年社会を熱病のように席捲したもので、あちこちで怪しげな説明会が開かれたり、渡航を実現するというふれこみの業者が暗躍したり、さまざまの詐欺事件が発生したそうだ。

Ｆさんはたぶん、そうしたブームの中で、幼い私にまで夢を語っていたのだろう。しばしばうろ覚えのポルトガル語を開陳し、「行くならとっとと行きやがれ」と、祖父に罵《ののし》られていた。

冬になると、Ｆさんは私や後輩の「若い衆《し》さん」たちを引率してスキーに行った。

Ｆさんにしてみればそれは慰安旅行の名を借りた里帰りだったのかもしれない。Ｆさんの実家は六日町だった。

新潟が遥かに遠い場所であるという私の認識は、その幼時体験によるのである。

当時のスキー行は大変なものだった。日帰りスキーなどは有りえず、たいていは土曜の夜おそくに上野発の夜行列車に乗り、非常の深夜に越後湯沢や石打に着き、民宿で半泊して翌日の夕方に帰京した。「夜行日帰り」というやつである。

しかも上越線の列車はトイレからデッキまで、立錐の余地もないほど満員だった。今にして思えば嘘のような話だが、古い車両の網棚の上に寝ている猛者もおり、最後尾のオープン・デッキに、氷の彫像のようになって膝を抱えている人もいた。

未電化のころの上越線の旅情は、私が生まれて初めて体験したロマンだった。

列車が赤城山の裾を巻いて上州の山あいに入るころから、文字通り「夜の底が白く」なる。信号所に汽車が止まると、雪深いホームにカンテラを提げて、駅員が笛を吹く。

雪の量は今よりもずっと多かったのだろうか、水上や湯檜曾の湯煙は、いつも深い雪の中だった。

そして、国境の長いトンネルを抜けると、雪国だった。

――以来、三十余年の歳月は矢のように流れ、かつて上越線の雪景色にうっとりと我を忘れた少年は、上越新幹線のシートに疲れた体を沈めて新潟競馬場へと向かった。

近ごろのローカル行は、競馬の予想すら満足にはできない。

幼時体験により、「新潟は遥かに遠いところ」といまだに認識している私は出発の前夜、「長旅の途中でじっくり検討をしよう」と考え、新聞も見ずに早寝してしまったのだった。

ところが、いざ新幹線に乗ってみると、担当者と時候の挨拶を交わしている間にはや高崎。赤城山はほんの一瞬のうちに視界から消えた。

さてそろそろ本日の検討をしよう、と新聞を開いたとたん、残雪の峰が目に入り、まさかと思ったら越後湯沢だった。しかも、かつては旅情あふれる山あいの湯の町であったそこは、通称「東京都湯沢区」の名にふさわしいマンション街だった。

いかん、こんなことでは検討ができない。自分で言うのも何だが、幼いころから勤勉であった私にとって、「予想」は「予習」なのである。前日には最低六時間の予習をし、第一レースからスタンドに立つという勤勉このうえない競馬を、かれこれ三十年ちかくほとんど欠かさずに続けている。

長岡。速い。速すぎる。

切迫した表情で四季報のページを繰る私に、担当者が語りかけた。

「浅田さん。きょうは金曜ですよ。一日ゆっくり温泉につかって、ゆっくり検討すればいいじゃないですか」

あ、そうか。多忙にかまけて暦を忘れていた。先月の中京競馬行は早朝発の日帰りだったが、今回は前日発の一泊だった。

ともあれこの交通機関の発達は、旅情とともに時間の感覚をも喪わせる。

さて、今回の取材で「優駿」編集部が立てて下さった企画は、そのままファンの方々の

「新潟競馬観戦モデルケース」とも言えるので、詳細をご説明しておく。尚、東京在住のファン以外の方は、これを参考にしてオリジナルのバージョン・プランを立てればよろしいかと思う。

まず前日の夕刻、東京駅を出発する。夕刻で良いのである。たとえ午後五時に出発しても、宿の夕食には間に合う。新潟までの所要時間はわずか一時間四十分に過ぎない。

新潟駅からタクシーに乗って月岡温泉まで約四十分、メーターで五千円ほどである。

月岡温泉は風光明媚な新潟平野の中に湧く温泉郷で、ひなびてもおらずケバくもなく、競馬がてらの宿としてはまことところあいの温泉である。至近距離に白鳥の飛来で名高い瓢湖、旧新発田藩下屋敷の清水園、越後の豪農の暮らしぶりを伝える北方文化博物館等もあるので、行程を半日早めてこれらをオプショナル・ツアーに加えるのもまた一興だろう。月岡温泉から新潟競馬場まではタクシーで二十分ほどの距離である。

いかに交通至便になったとはいえ、やはりローカル競馬の醍醐味は温泉と味覚、地酒をくみ交わしながらの競馬談議に尽きる。

超満員のウインズで汗みずくになって馬券を買ったり、思考不能のままPATの裏表馬券をベットリと買って散財するよりは、のんびりとローカル観戦に赴いた方がずっと得策である。

さて新潟競馬場であるが、このコースは環境、地形、地質、規模、レイアウト、設備、等々どれをとってもおそらく競馬場というもののお手本ではなかろうか。

まず景観が雄大である。海が近いためかコースは閑静な松林に囲まれており、スタンドからは五頭連峰の山なみが望まれる。周辺にはもちろん、果てしもないコシヒカリの田園風景が拡がる。

コースのすばらしさはつとに知られるところだが、解説をするとこういうことになる。ほぼ平坦ながら外回り芝コースの直線は427・3メートル。この長さは全国の競馬場中、東京競馬場の芝コース500・4メートルに次ぐ。中山競馬場より100メートル以上も長いホーム・ストレッチを持つのである。

しかしその一方、三コーナーから四コーナーにかけて設けられた内回りコースは、直線327・3メートルと極端に短くなる。

つまり新潟競馬場には、「府中に匹敵する」外回りコースと、「坂のない中山」の内回りコースが共存しているのである。この重要なファクターを知らずに馬券を買うと、まことに混乱する。

さらに厳密に言うなら、1800メートル戦は内コースを使用し、1600メートル戦は外回りコースなのだが、1200、1400、2000はスタート位置を変えて内コースを使用する場合と外回りの場合とがある。

直線距離の長短がレースの利を左右するのは競馬のセオリーであるから、いったい内コースを使うのか外コースを走るのかということに、馬券検討のプライオリティを据えなければならない。これが昔から変わらぬ「新潟のコツ」である。

コース・レイアウトの特長といえばもうひとつ、第二コーナーから深く引き込まれたポケット・スタートが上げられる。

これは1600メートル戦と1400メートル内回りに使用されるスタート地点で、このポケットによりバック・ストレッチは何と800メートルに及ぶ日本最長の直線となる。他場では見ることのできない激しい先行争い、ジョッキーの微妙なかけひきを堪能するためにも、新潟競馬場にはぜひ双眼鏡を持参されたい。

聞くところによれば、新潟競馬場はこうした理想のコースに飽き足りることなく、第一コーナーを深く引き込んで1000メートルの直線走路を計画中だそうである。

何だか想像を超えているが、もし実現した折にはぜひとも直線だけのGIスプリントを見たいものだ。

夏の新潟電撃の5ハロン、「サマー・スプリント・カップ」――考えただけで胸が躍る。

ところで、私がこの競馬場の「設備」を賞讃したのには、きわめて個人的な理由がある。

新潟競馬場は昭和六十三年に大改装を施し、スタンドの半分がアイビス（朱鷺）・スタンドと呼ばれる超デラックスなガラス張りになった。

実は私が賞讃したいのは、このアイビス・スタンドではない。新潟の大スタンドの半分には、まことに古色蒼然たる旧スタンドが健在なのである。

日本中の競馬場はこの十年ほどの間にすっかり様変わりしてしまった。中山競馬場など、わが青春の記憶をとどめる場所といえばパドック裏の馬頭観音しかないと言っても過言ではない。

設備がゴージャスになり、レースも見やすく、馬券も買いやすくなったことはもちろん結構なことだが、女も買わず酒も飲まず、何ひとつ道楽すら持たずに競馬一色に塗りつぶしてきたわが青春に思いを馳せれば、競馬場の様変わりは余りに悲しい。

新潟競馬場のメイン・スタンドには、狭く、急勾配のオープン・シートが健在である。ガラス開閉式の穴場が並び、うらぶれたベンチがあり、天井にはペンキを何重にも塗りたくったむき出しのパイプが通っている。

とりわけ感動したものがあった。

メイン・スタンドの指定席に、驚くなかれ現金手渡しの払戻窓口があったのだ！

設備が合理化され、電子化されるにしたがって、何となく馬券の有難味がなくなったと感じるのは、私ひとりではなかろう。その昔、払戻窓口にはソロバンを持ったおばさんがおり、当たり馬券を渡すと早見表をパラパラとめくりながら素早く計算をし、お札を一枚ずつ算えて手渡してくれたものだった。

あれこそ、「取った」という実感があった。

馬券を機械に差し込み、「現金ヲオ確カメ下サイ」という電子音声とともに現金を受け取る自動払戻機とは、同じ取ったにしても有難味がちがった。

第三レースの未出走戦、外回り芝2000メートルで馬番連勝2810円を的中させたとき、私は自動払戻機には目もくれずに階段を駆け下りて、「払戻窓口」に走った。

確定を待つ気持ちは、過ぎにし青春を思い出させた。窓口のおばさんはさすがに早見表もソロバンも持ってはいなかったが、ともかく窓ごしに馬券を受け取り、越後なまりの肉声で「ありがとうございました。現金をお確かめ下さい」と、現金を手渡してくれた。

帰りの新幹線がたそがれの山あいに入ったとき、ふとFさんのことを思い出した。お元気であれば、もう還暦を過ぎただろう。結局、ブラジル移住の夢は潰《つい》えて結婚をしたと、のちに風の便りに聞いた。

蒸し暑い夏の夜、下町の路地裏に縁台を出して、夕涼みをした。Fさんは後輩の若い衆さんたちを摑まえては、わけのわからぬポルトガル語で語りかけ、顰蹙《ひんしゅく》を買っていた。話し相手がいなくなると、幼い私にブラジルの熱い夢を語った。縁台に広げられた「あるぜんちな丸」の写真が、瞼に甦る。

もしかしたら郷里の六日町に帰っているのかもしれない。

夏の新潟のスタンドですれちがっても、たぶん気付きはしないだろう。

日本ダービー「裏」観戦記

昨年（一九九八年）、一昨年と二年続けて「優駿」誌上で「ダービー観戦記」を書かせていただいた。

そこで今回は、わがホームコース「東京競馬場」最大のイベントである日本ダービーを、一介の競馬オヤジの立場から書こうと思う。

ちなみに私はこの原稿を一方的にファックスで送りつけたその足でヨーロッパに旅立ってしまう。原文ママの掲載を余儀なくされる編集部はさぞかし苦悩するであろうが、とりあえずボツにされないことを祈念する。

まず、全国の競馬オヤジを代表して率直な意見を言おう。

史上最低のダービーであった。どこかの新聞に「戦国ダービー」と書いてあったが、戦国とはあまたの群雄が割拠した時代のことであり、この表現は武田信玄や上杉謙信の手前、適当ではないと思う。英雄らしきものはどこにも見当たらないのであるから、正しくは「戦国雑兵ダービー」と呼ぶべきであろう。

いつかこういう妙なダービーが開催されるであろうことは、とうの昔からわかりきっていた。

円が高くなり、内国産の高馬を買うよりは安くて強い㊕を輸入する方がいいに決まっている。当然の結果として、外国産馬に出走資格がないダービーは、真の四歳優駿を決めるレースにはなりえないのである。

そのうえ共同馬主システムの普及により、サラブレッドを所有することの意味も変質した。ステータスというよりも、高度にビジネス化し、かつ一般化した。強い外国産馬はさらに需要が拡大し、より強く、より安くなった。

それでも昨年までは、内国産のスターホースがいたからよい。だが一歩まちがえばこういうダービーがいつか行われてしまうことは目に見えていた。

考えれば、サンデーサイレンスもブライアンズタイムも、外国から買ってきた馬である。同じ輸入馬でありながら、親は日本国籍をもらい、子供は外国人扱いというのはちとおかしい。

理由は国内の馬産地を保護するためなのだろうが、その発想は競馬が軍馬や農耕馬の育成にかかわっていた古い時代のもので、「競馬のための競馬」でしかない今日では、まことにネガティブな、反動的な、アナクロな考え方と言わざるを得ない。

今や競馬がすべてに優先して考えねばならぬプライオリティとは、馬券を購入するファンにいかにして興奮と感動とを与えるかに尽きる。これに先んじる理由は何もあってはならないと思う。

多少なりとも競馬を知っているファンならば、今回の出走馬を一瞥《いちべつ》して考えたのではなかろうか。

（シーキングザパールが出走していたら、ぶっちぎるんじゃないか？）

（スピードワールドが出たら、楽勝だろうな）

ファンにこういうことを考えさせるダービーは、もはやダービーではない。「ダービー特別」とでも呼ぶべきであろう。そして、サラブレッドが走ることにそのアイデンティティーのすべてを賭けた生き物である以上、こうしたシステムの最大の犠牲者はスピードワールドでもシーキングザパールでもなく、サニーブライアンである。

そこで埒外《らちがい》の一ファンとして考えるのだが、馬産地保護とダービーのステータスの維持とファンサービスのために、こんな案はどうであろう。

①ダービーに㉆の出走を認める。

②NHKマイルカップを内国産馬限定レースとし、ダービーと同等の賞金を設定する。

③菊花賞で真のNO・1を決定する。

それにしても、サニーブライアンは強かった。

私はまったく馬券の対象からは除外していたのであるが、理由はある。

皐月賞とダービーをともに逃げ切った馬といえば、私が記憶している限り二頭の馬がいる。カブラヤオーとミホノブルボンである。

この二頭は同期の馬たちの中では明らかに傑出していた。まさかサニーブライアンが彼らと同様の偉業を達成する馬であるとは思えなかった。

コースも距離もちがうこの二つのクラシック・レースをともに逃げ切るには、絶対的能力が必要である。超越的能力と言ってもよい。サニーブライアンが強い馬であることは百も承知していたが、その力が絶対的か超越的かといえば、誰もそうだとは答えられないであろう。

馬群が四コーナーを回ったとき、「やられた」と思った。サニーブライアンは持ったままであり、まくって出る馬もおらず、道中もまったくのマイペースであった。

案の定、大西騎手が手綱をしごいたのは、後続のどの馬よりも遅かった。逃げ馬があとから追い出すのであるから、差し馬が届くはずがない。

サニーブライアンは上がり35秒1でゴールインしたが、直線であれだけの伸び足を使われたのでは、いかにメジロブライトが上がり3ハロン34秒2の豪脚で追いこもうと、届くはずはなかった。

ただし、そうした意味では「一番強い競馬」をしたのはメジロブライトである。絶対能力からいえばこの馬が「幻のダービー馬」であることにちがいない。

さて——私がメジロブライトの強さを褒め、勝ったサニーブライアンを遠回しにけなしているのは、つまり負け惜しみである。

実は出走表を見たときは、おそらく誰もがそう感じたように、「どれが勝ってもふしぎではない」と思った。ならばなぜメジロブライトなのかというと、JRAの考えるダービーの出走資格に最もふさわしい「父内国産馬」だったからである。何と忠実な競馬ファンであろうか。

㊋すなわち父親も日本人である馬は、全出走馬十八頭中、わずか四頭にすぎなかった。メジロライアンの仔であるメジロブライトとエアガッツ。ランニングフリーの仔ランニングゲイル。アンバーシャダイの仔フジヤマビザン、である。

何だかんだと不平不満を言いながらも、典型的な競馬オヤジである私は、まことに忠実に誠実に、JRAの規定した日本ダービーのコンセプトについて考えたのである。

そうか、わかった。そこまで言うのなら、日本の競馬にとって最も幸福な結果にちがいないメジロブライトに一票を投じよう、と。

ドングリの背くらべであるにもかかわらず、メジロブライトが単勝2・4倍という「異常人気」を得たのは、ひとえにわれら競馬オヤジの忠実さと誠実さのたまものだと思うのだが、さてこのあたり主催者側はどのようにお考えになるのであろうか。

とは言うものの「どれが勝ってもふしぎではないダービー」の予想は、それはそれで面白かった。

何を言ってもバカにされないというのがいい。事前にいろいろな人から予想を訊かれ、そのたびにコロコロと宗旨を変えても、誰も卑怯者とは言わず、たいてい肯いてくれた。勝ち馬を問われて、たぶん十頭ぐらいの名を口にしたのではないかと思う。ただし情けないことには、その中にサニーブライアンは入っていなかった。

にもかかわらず、レース後誰も私を責めようとしなかったのは、「戦国ダービー」ゆえであろう。

ふつうダービーの予想というものは、皐月賞が終わった時点でほとんどでき上がっており、それにトライアルやステップレースの結果を加え、ぶっつけダービーの馬たちの力を判断して完成する。ところが今年は、そうした一連の「予想の流れ」にてんで乗れなかった。

そこでとうとう前日の夜には、途方もないことを考えた。

ダービーの予想ではなく、翌日のスポーツ新聞の大見出しを真剣に予想したのである。

「安田富　五十歳の戴冠」

すごく有りそうな気がした。

「セイリューオー戦国を制す」

これも、有りそうだった。

「アッ！と驚くゴッドスピード」

これはオヤジギャグともたまさか一致したので、本当に買ってしまった（ちなみにゴッドスピードVSビッグサンデーという馬券を、ハッと気が付いたら15000円も買ってしまっており、壮絶な結果論ではあるがもし的中していたら払い戻しは2387万5500円であった。きっと思い出深いヨーロッパ旅行となっていたことであろう）。

「父よ見てくれエアガッツ」

これは感動的な名コピーである。大金を失ってもいいから、ひとめ見たかった。

「やっぱりサンデー　サイレンススズカ」

この見出しもいいが、隣の枠のサンデーサイレンス産駒ビッグサンデーとのワン・ツーで決まればなおいい。

「サンデーサンデー　神話は生きていた」

ハッと気が付くとこの馬券も5000円買ってしまっていた。318・3倍。思い出深いヨーロッパ旅行とまでは行かないが、優雅な家族旅行ぐらいはできたろう。

「伏兵マイネル　GIの意地」

それにしても昨年の朝日杯とは、いったい何だったのであろうか。「朝日杯の勝ち馬は強い」とそこいらじゅうで言いふらしている私の身にもなって欲しい。

「豊　勝つ」

ランニングゲイルの場合は、おそらくランニングゲイルの「ラ」の字も出ず、超巨大活字でこう書かれただろう。もしかしたら「豊勝」だけかもしれない。たった二文字で壮大なドラマを実感させるところに、武豊のすごさがある。

「マチカネフクキタル」

この馬の場合は逆に、これだけで良い。余計なことは何も書かずとも、立派なシャレになっている。将来ぜひGIを勝って、馬名だけの見出しを見たいものだ。

「ブライト　ダービーに輝く」

このコピーは絶対にどこかの新聞がそっくりそのまま使ったと思う。今さら言っても始まらんが、本稿を読んでその通りだと唸っているスポーツ記者がいるのではなかろうか。絶対にあったはずである。この「絶対」という競馬予想にあってはならぬ言葉が、見出しや予想の確信としてあったがために、私は大枚十五万円を失った。絶対納得できぬ。

ところで、ざっとこのように見出し予想をした私であったが、どうしてもありそうになかった活字は、

「サニーブライアン　二冠」

だったのである。

もちろんジョッキーには失礼だが、

「大西二冠達成」

も信じられなかった。

結果はみなさん百も承知であろうが、私の見出し予想の結果を、いま手元にある東京中日スポーツ六月二日発売号より転載する。

「2冠大西サニー　逃勝！『ざまあ見ろ!?』」

何だか「ざまあ見ろ!?」は個人的に大西が私に向かって言ったような気がする。しかも大活字の下には、あたかも大西がそう叫んでいるように、ムチを振り上げているのである。

くやし涙にくれつつページを繰れば、その裏側には、

「ブライト精一杯」

とあった。

おまけに、もうこんなバカな予想はやめようと思いつつページをめくると、

「武豊勝てず」

「安田富走れず」

という、どうしようもないコピーが続いた。さすがはダービーで、どの活字もデカい。まるで新聞社が前夜の私の予想（見出し予想をズラッと書いた原稿用紙）をそっと盗み出し、悪意に満ちたコピーを作ったような気がした。

さらにページをめくると、何とジャイアンツはタイガースに三タテをくらっており、清原はダブルプレーを含む四タコであった。

そのうえ気晴らしに連載小説を読み、「つまらねえなあ、誰だ？」と呟くと、てめえで書いた小説であった。

こうして、サニーブライアンの大遁走とともに今年のダービーも終わった。

やはりダービーは、最強の四歳馬を決定する最高のレースであって欲しいと思う。きびしい経済環境の中で、馬産地のみなさんがどれほどの苦労をしておられるのかは想像に難くない。しかし、ダービーの権威が損われたのでは、競馬はこのさき立ち行かないと私は思う。

日本ダービーはセントライトが勝ち、シンザンが勝ち、ミスターシービーが、シンボリルドルフが勝った。

キーストンやタケホープやサクラショウリのことを、誰も忘れたわけではあるまい。

一生に一度しかめぐってこない晴れの舞台を、あらゆる営利から離れた最高のイベントとして演出する義務が、主催者にはあるのではなかろうか。

そうした真のダービーで、大西騎手がもういちどステッキを振り上げてゴールを駆け抜ける姿を見たいと思う。

朝刊の見出しはやっぱりこれだ。

「大西2冠　ざまあみろ!?」

フィレンツェ。マロニエの木陰

二週間にわたるイタリアの旅から帰ってきた。

誤解のないように言っておくが、馬券行脚《あんぎゃ》ではない。取材旅行である。

しかし、せっかくイタリアまで行くのだから内心は競馬の取材もしたい。馬券も買いたい。出発前にその点の了解を求めておこうと思ったのだが、出版社サイドは私のことを、「ストレス解消および健康維持のために、ときどき馬券を買う小説家」と認識しており、芸術鑑賞にうずめつくされたスケジュール表を差し出されたとたん、とうてい言い出せなくなった。

まずいことには、競馬関係者は私のことを、「ストレス解消および馬券代確保のために、ときどき小説なんかも書く競馬評論家」と認識しており、当然手みやげの原稿は「ミラノ大賞典観戦記」になるであろうと予測しているふしがあった。

イタリアには三十余の競馬場がある。古代ローマ以来、伝統のトロット（繋駕《けいが》）・レースを主体とし、サマー・タイムにはえんえん夜十一時すぎまでナイター競馬が開催されているという。シチリアからヴェネツィアまで南北の主要都市をめぐる二週間の旅なのだから、機会はいくらでもあるだろうとたかをくくっていた。

ところが、いざスタートしてみると、朝は早くから美術館めぐり、夜はオペラを観賞してからイタリアン・グルメを囲んでの芸術談義に花が咲き、とうてい「競馬場に行きたい」などと言い出せるムードではなかった。

しかも私の感じた限り、イタリア人はさほどギャンブルが好きではないらしい。現地ガイドもドライバーも、いっこうに話題をその方向には向けてくれず、街角のブックメーカーにも競馬オヤジがたむろする光景は見られなかった。どこそこで競馬を開催しているという噂もまったく耳に届かず、カフェで予想紙を拡げている人の姿も、見たことはなかった。

伝説の名伯楽フェデリコ・テシオの祖国、不敗の名馬ネアルコや凱旋門賞馬リボーを送り出したこの競馬王国では、競馬は決して熱狂的なものではなく、社会生活の一部となっているのだろう。

念願かなって競馬場を訪れたのは、旅程も後半のフィレンツェである。ただし文字通り「競馬場を訪れた」だけで、入場門は閉まっていた。

花の町フィレンツェは、ため息が出るほど美しい。市民の美意識はさすがミケランジェロの末裔《まつえい》の名に恥じず、高度に、かつ徹底している。

古錆びたアパートの窓には洗濯物どころか冷房の室外機すらも見当たらず、そのかわりに花が溢れている。もちろん近代的なビルディングなどひとつもなく、一流ブランドのショップも市民の生活も、すべて中世そのままの煉瓦の中に封じ込められている。

アルノ川の左岸にあるミケランジェロ広場から見下ろすフィレンツェの町は、かつてメディチ家が支配した「花の都」そのままだった。

こうした美しい町の中心部から歩いて十分とはかからぬ場所に、二つの競馬場があるのだから愕《おどろ》く。

市街地からそのまま続くマロニエの並木道は、ちょっと府中の大欅並木を連想させるが、開催中でもまさか「オケラ街道」にはなるまい。それくらい美しく、平和なのである。

手前にあるカッシーネ競馬場は春の四月から六月、秋は九、十月がシーズンということで、毎週金曜と日曜とに開催されるそうだ。

コースは細長い小回りの平坦路で、小さなスタンドの先には、ドゥオーモやサンロレンツォ教会の尖塔が絵葉書のように望まれた。

道路ひとつ隔てたところに、イタリア名物トロット専用のコースがあった。競輪場からバンクを取り払って、やや大きくした程度の広さである。こちらの開催は春が一月から四月、秋が十一月と十二月。毎週水曜と土曜の二日間開催される。

ということは、真夏の酷暑期を除いて、通年週四日のレースが行われていることになる。周辺に殺伐とした雰囲気が少しも感じられないのは、このゆったりとした日程のせいかもしれない。

美しい中世の町に住み、芸術に囲まれながら小説を書き、倦《う》み果てればマロニエの並木道を歩いて競馬場に通う。そんな夢を見た。

さて、帰国後の私を待っていたものは、リニューアルなった福島競馬場への参戦である。

福島は近い。ともかく愕くほど近い。東京駅から新幹線でわずか一時間半、しかも福島駅からは徒歩圏内というすばらしい立地である。

私は東京の多摩地区に住んでいるので、武蔵野線を経由して大宮から新幹線に乗れば、中山競馬場に行くのとほとんど変わらない。

こうしたアクセスの良さと全面リニューアルのせいで、スタンドは大変な盛況だった。当日は開催最終日の日曜に加え、宝塚記念の全国発売も行われるとあって、指定席券は早朝に売り切れ、八時に開門したほどである。

近年どこの競馬場も改装が施されているが、これほどまでに完璧な大改装を行った例はあるまい。リニューアルというより、リメイクである。要するに競馬場全体を、造りかえたのである。かつての福島競馬場の面影は、バック・ストレッチの風景を除けばまったく残っていないと言ってもいいだろう。

建てかえられたスタンドは旧来のものと較べると長さが一・三倍、奥行きが一・四倍。したがってパドックはスタンド二階の屋内に取りこまれた。

ローカル開催とはいえ、夏の福島の暑さは東京と変わりがない。いや、内陸盆地のせいで、蒸し暑さは東京以上と言ってもいいだろう。六階建ての大スタンドが一般席まで空調完備の全面ガラス張りになったのは、ファンにとって大きな福音である。これで一般入場料が百円なのだから、家でクーラーをつけているよりも安上がりということになる。大盛況の秘密はこのあたりにもあるのかもしれない。

ただし、もともと敷地の狭い競馬場だから、この大型スタンドには多少の副作用が残る。高層の指定席に座ると、ホーム・ストレッチをまっさかさまに見おろす感じになるので、高所恐怖症のファンはまず競馬どころではないだろう。そうではなくとも目が慣れるまでは、何となくゲーム・センターのダービー・ゲームを囲んでいるような気がしないでもない。馬券がはずれると、騙《だま》されたような気分になる。

この「高みから見おろす感じ」は、名物の屋内パドックではさらに切実だ。

指定席の桟敷からパドックを見おろすと、まるで壺の底を覗くようである。ということは、馬の背中しか見えないわけで、一番肝心な歩様とか腹回りとかはまるで死角になってしまう。これも長く通ううちには「福島のパドックの見方」を体得するのだろうが、私にはテレビのモニターの方がはるかに見やすかった。

もうひとつ、スタンドの収容人員に較べて駐車場の余裕がない。したがって周辺の道路は大渋滞する。東北縦貫道でアッという間に東京からやって来たはよいものの、そこから先が進まずに馬券を買い損ねたのでは、悔やんでも悔やみきれないだろう。

もちろん、帰りの新幹線は大混雑になるので、前もって指定席の予約はしておいた方が良い。

新スタンドの建設と同時に、コースも大改造された。

元来、福島競馬の特徴といえば、逃げ馬絶対有利、差し馬が勝つためには三角まくりの器用な脚がなければならなかった。これはもちろん、「極端な平坦小回り」のせいである。

このたびの大改修では、まず芝、ダートともに直線が21メートル延伸された。とは言っても、敷地には限度があるので、ゴール板の位置を一コーナー方向に移動させたのである。そしてそのゴール前に、高低差1メートルの坂がつけられた。

この二点の改良によって、「逃げづらく、追い込みやすい」馬場になったはずなのだが、実際レース結果を調べてみると、相変わらず「逃げ馬絶対有利、差し馬が勝つためには三角まくり」という福島のセオリーは生きているようだ。

関係者のご尽力には敬意を表するが、経験のみを糧として馬券を買い続けるわれらオールド・ファンにとっては、めでたしめでたしというところである。

福島は東京からわずか一時間半の距離にありながら、ふしぎとローカル色の濃い土地柄である。

同じ競馬の町でも、札幌や新潟はどんどん東京化してしまい、近ごろではローカル競馬というよりも、府中や中山に続く開催地の観がある。

ところがなぜか、いかにスタンドがリニューアルされたとはいえ、福島は二十年前とどこも変わらぬ福島なのである。

盆地のせいか、人柄が保守的なのか、あるいは「東京」に冒されがたい何か経済的社会的な理由があるのかはわからないが、ともかく「福島」なのである。

福島駅から競馬場までタクシーに乗ったところ、スタンドの手前で道路が渋滞した。するといきなり運転手が、ひどい尻上がりの言葉で言った。

「オチル？」

一瞬、何を言っているのかわからなかった。

「オチル？」

「……は？」

「ここで、オチル？」

つまり、この先は道路が混んでいるので、歩いた方が早い。降りるか、と言っていたのだ。

福島方言では「降りる」を「落ちる」と言うらしい。こういうはっきりとした方言が、新幹線でわずか一時間三十分、へたすりゃ通勤者だっていそうなこの土地に、頑固に残っているとは驚異である。ローカル・ファンとしては実に嬉しい。

しかも、もっと嬉しかったのは、こちらのとまどいなどお構いなしに、「オチル？」と言い続けるその頑固さだった。県民性とはこういうものだろう。

そう言えば、食堂の若いウェイターも、売店の娘も、もちろん投票所のおばさんも、徹頭徹尾、尻上がりの福島弁を使っていた。まるで「これが標準語だ」とでも言わんばかりに。

文化とはこうでなければならない、としみじみ思った。

東京生まれの東京育ちである私は、ふるさとの文化というものをすべて失ってしまったみじめな人間であると思う。ほんの数十年前までは偉大なる方言であった東京弁も今は消えてなくなり、私自身、幼いころに使っていた言葉は思い出すことも難しい。

幼なじみと会っても、かわす会話は私たちが子供のころ腹を抱えて笑った「山の手ことば」である。同窓会に行っても、その後の人生を反映してかしゃちこばった「ビジネス言語」を使う。誰もがふるさととの言語文化を失ってしまった。

そしてもちろん、古いものはすべて、習慣も風俗も建物も、便宜の名のもとにリニューアルされてしまった。

そう考えれば、福島競馬場に象徴されるリニューアルの波も手放しで感心するわけにはいかない。少なくとも競馬が庶民の文化である以上、全国のスタンドが同じイメージに完成して欲しくはないと思う。

風の凪《な》いだ蒸し暑い夕昏、汗を拭いながらスタンドを振り返った。

何とはなしに、一週間前に旅したイタリアを思い出した。

シチリアもナポリもローマもフィレンツェも、ミケランジェロの生きた中世そのままの都市だった。近代的なビルなどどこにもなく、道路はみな、車のタイヤが気の毒なほどの石畳だった。かつてドイツ占領下にアスファルトで舗装されたが、戦後イタリア人はそれを見苦しいと言って、また古い石畳に敷きかえてしまったのだそうだ。

洗濯物もクーラーの室外機も、彼らは彼らの美意識が許さないから、ベランダには出さない。美観をそこねるくらいなら、暑い思いをした方がよい、というわけだ。

日本に較べればずっと不景気で、リラは下落の一途をたどっているそうだが、旅するほどに私は、「誇り高き凋落《ちょうらく》」を感じずにはおられなかった。

リニューアルもリメイクも、成すは簡単だが、そのために喪われるものを斟酌《しんしゃく》しなければ文化は滅びる。改革者は心の中に、文化の秤《はかり》を持っていなければならない。

ローマのブランド・ショップに群がる日本人観光客を、誇り高きシニョールたちは内心どう思っているのだろうか。誰の体を飾るのかはともかく、イタリアン・ブランドの商品は靴もバッグもスーツも、その意匠はまことに美しい。そしてもちろん、真に形の美しい物は、必ず丈夫で使いやすい。

などと——まじめな哲学をしながらも、ローマで大買い物をした以上に、福島では大散財をしてしまった。

イタリアの思うツボ、福島競馬場の思うツボである。

ああ、フィレンツェのマロニエの木陰が懐かしい——。

直木賞。日帰りの札幌

イタリアへの長期遠征ののち中二週あけて北京、連闘で香港という強行ローテーションが続き、そろそろ放牧に出ねばと考えていたところ直木賞をいただいた。

この一カ月間で体重六キロ減ということは、サラブレッドでいうならさしずめ五十キロぐらい馬体が減ったことになる。しかもダービー・ホースになればまず例外なく秋までゆっくり休養できるのに、直木賞作家は受賞決定のその瞬間からかたときの休む間もなく走り出さねばならない。

こうした特殊な事情により、四半世紀の間ずっと買い続けた馬券すらも、ついにパスをするはめになった。

なにしろ私は、大学受験の前日も朝から中山に行ったし、結婚式の当日も後楽園場外に立ち寄った。新婚旅行に行かなかったのは、何を隠そう翌日が朝日杯だったからである。記憶ちがいがなければこの十年間で重賞レースを休んだのは三年前のダービー卿ＣＴだけで、その日は父の葬式だった。

こんな私がずっと馬券を買わずに過ごしているのだから、身辺がいったいどういうことになっているのか詳しく説明する必要はあるまい。

それでも先月はイタリアと北京の合間を縫って福島に行き、第一回札幌競馬の初日には、日帰り遠征をした。もはや趣味でも仕事でもなく、病気と言うべきであろう。

長いことこんなふうに馬券を買っていると、それ自体が生活の一部になっている。だから週末に徹夜原稿を書いて朝寝をしていれば、家族はたいそう心配する。それくらい私が週末の朝に寝ていることは異常事態なのである。

私自身も、競馬場に行くことにはすでに義務感があるので、罪の意識にさいなまれながら朝寝をしている。つまり七月の福島行きも、八月初めの札幌行きもべつだん取材というわけではなく、競馬を休むことの罪悪感に耐えきれなかったからなのであった。

それにしても六キロ減の馬体をひきずっての札幌当日輸送は、さすがに応えた。


直木賞受賞作『鉄道員《ぽっぽや》』は、雪深い北海道のローカル線が舞台になっている。いわば「ご当地もの」というわけで、とりわけ札幌市では販売部数が伸びているらしい。機内でふとそんなことを考えると、さまざまな罪悪感が胸の中でからみ合って、複雑な気分になった。ともあれ、今日は競馬。

今年の夏は暑さにたたられている。常に増して暑い夏であることはたしかだが、それにしてもとりわけ暑い場所を選んで移動しているような気がしてならない。

シチリアのタクシー・ドライバーも、ローマの観光ガイドも「暑い暑い」と言っていたし、福島は灼熱地獄であったし、連日四十度を超した北京ではさすがに脱水症状を起こした。

やっと涼しい場所に行けると思ったのもつかの間、札幌もやっぱり暑かった。日ごろの行いのせいか、どうも暑い日に暑い場所を選んで移動させられているような気がしてならない。

ところで、札幌競馬も十分に日帰りができるのだという発見は、今回の大きな収穫であった。もしかしたら最悪の発見であったかもしれないが、ともかく十分に日帰りの競馬が楽しめるのである。

羽田―新千歳のフライト所要時間は一時間十五分。すなわち七時台の飛行機に乗れば第一レースから馬券は買える。

ただし夏場の週末にはあらかじめチケットの手配が必要ではある。それに、羽田空港はひどい発着ラッシュで、フライト時間が大幅に遅れる可能性がある。この二点だけが札幌日帰り競馬のウイーク・ポイントであろう。当日も離陸が三十分遅れた。

新千歳空港から札幌駅までは快速エアポートで三十分。乗り継ぎも至便なので、空港からタクシーをとばすよりは早くて確実である。最寄りのJR桑園駅と地下鉄二十四軒駅からは無料送迎バスが運行しているが、札幌駅からタクシーに乗っても競馬場は目と鼻の先である。

札幌と函館の開催時期がそっくり入れ替わったのは一九九七年のことである。

理由は定かではないが、九月に入っての函館開催が興行的に厳しいからではなかろうか。中央で秋競馬が始まってから北海道に長駆遠征するという奇特なファンは少ないだろうから、地元ファンだけでもある程度の売上が期待できる札幌を九月に開催するとなれば、自然にこの日程となる。

ということは、九月の札幌開催は極楽競馬ではなかろうか。飛行機もホテルもガラガラ、もちろんスタンドもすいていて、秋の札幌は食い物が旨い。

そのころになれば多少は時間の余裕もできるだろうから、二泊三日のリフレッシュ競馬に来ようと思った。

当日は開催初日で、正午までに一一四七二人の入場者があったそうだ。爆発的人気の福島競馬ほどではないにしろ、まずは順調なスタートというところであろう。

ゴンドラから馬場を見おろす。私が昔から早起きをして指定席に入るのは、ゆったりと馬券が買えるという理由よりもむしろ、馬場状態を見るためである。なるべく高い位置から俯《ふ》瞰《かん》しなければ芝生は読めない。

さらにかつては「初日は全レース見《ケン》」が私の鉄則であったのだが、まさか日帰り遠征ではそうもいかない。暴挙だとは思いつつタイムもわからぬ馬券を買う。

芝は美しく生え揃っているが長く、やや時計がかかる感じ。ヨーロッパ血統の馬がよかろうなどと考える。ダートは思いのほか深く、大型の力馬が有利であろう。

などと考えめぐらしながら、なぜか惨敗。競馬はたまにやるとロクなことはないとしみじみ思う。

札幌競馬場は芝コースが一周１６６０メートル、直線２６６メートル。ダートコースが一周１４８７メートル、直線２６４メートル。ほとんど双眼鏡のいらない馬場である。当然先行馬が有利だが、コーナーが緩く奥の深いコースなので、いわゆる「三角まくり」が利く。小回り平坦にもかかわらず、札幌でしばしば追い込み馬が活躍するのは、緩い弧を描く三、四角での進出が比較的容易だからであろう。この点は平べったくてコーナーワークのきつい中京競馬場とは好対照といえる。だがもちろん、先行馬絶対有利というローカルのセオリーには変わりがない。ことにレース数の多いダートの1000メートル戦はまちがいなく先手必勝。ほとんど競艇のようである。

長い競馬ファンはご記憶のことと思うが、かつて札幌競馬場にはダートコースしかなかった。当時の中央競馬開催地としては唯一芝コースを持たなかったのである。したがって人気とはうらはらにダート巧者が思わぬ大穴をあけ、札幌ならではの穴予想が物を言った。芝コースの築造は昭和六十三年である。もとのダート専用がどのような形であったかは、はや忘れてしまったが、それにしてもこの狭い敷地の中に芝コースを増築するなど、まこと魔法のようである。

北海道は降雨量が少なく、そのうえ路盤の水はけもよく、西洋芝の生え揃った開催初日となれば何と言っても快速馬の天下であろう。

そう確信してメインレースの札幌日刊スポーツ杯は久々の一点勝負に出た。

1200メートルを一気に逃げ切る快速馬と言えば、メンバー中マザーメリーをおいて他にはおるまい。相手も札幌の短距離戦は三戦して負け知らずの実力馬ノーブルグラス。

これで強行日程を押してまで札幌にきたかいがあったと思いきや、九百万条件からの上がり馬ザゴールドに勝たれてしまった。当該勝負馬券はみごと二、三着に的中。やはり競馬はマメにやっていなければいかん、としみじみ反省をした。

　そういえば、第六レースに面妖なことが起こった。

　サラ三歳五百万下、芝１２００メートル戦。何とこのレース、出走馬十一頭中十頭が公営馬だったのである。地方中央の交流促進策がもたらした珍番組であろう。内訳は中央一頭、道営九頭、水沢一頭。しかも公営馬にはそれぞれちゃんと公営の騎手が騎乗している。

　まあイベントとしては面白いが、中央所属馬が地方で条件を勝ち上がってくることが多く、馬券的な取捨に往生している昨今、何だかあいた口が塞がらなかった。

　予想の根拠は何もないのだが、日帰り遠征で「見」はしたくないので、じっくりとパドックを拝見。まるで重賞レースのように全馬キッチリと仕上がっているのに二度仰天。それもそのはず、公営馬にしてみれば五百万下といえども賞金は公営競馬の重賞なみなのである。

　何でもこのレースに勝った地方馬には、九月最終日のすずらん賞への優先出走権も与えられるという。

　結果は漫画であった。十一頭中唯一のＪＲＡ所属馬カネトシウイングがアッサリと勝ち、地方馬十頭中のブービー人気馬ヘイセイラグビーが二着。７６５０円という高配当になった。そりゃあ、同条件なら中央馬は圧倒的に強いことはわかっているが、それにしてもこんなにあからさまな「ご招待レース」で、一頭だけの中央所属が勝つことはなかろうと義憤を感ずる。カネトシウイングは無礼者だから、生涯馬券を買うまいと心に誓った。いったい競馬はスポーツなのであろうか、それとも興行なのであろうか。よくわからん。

ところで、この日は惨敗を喫したのかというと実はそうでもない。長年の研鑽《けんさん》による浅田セオリーによって、おいしい馬券を取った。この時期のレースは、何と言っても降級馬なのである。

第十レースの日高特別は九百万下の芝1800メートル戦。十三頭の出走馬中、千五百万下からの降級が四頭。この組み合わせだけでドラゴンボブの単勝1520円と馬連2500円をしこたまいただいた。

さらに最終十二レースの五百万下ダート戦でも、九百万条件からの降級馬二頭が絵に描いたように来た。一着になったエイシングランツは熱発あけの上に馬体も太めであったが、多少体調が不良であろうと格上馬は強いのである。ことに、牧場の調教設備が充実した昨今では、「長期休養あけの降級馬は買い」というセオリーはかなり信頼がおける。

さすがは北海道。最終レースが終わるとたちまちポプラ並木に涼風が立ち始めた。

本来ならホテルに戻ってシャワーを浴びてからススキノにくり出し、明日も競馬という極楽ツアーなのだが、一身上の都合によりそうはいかない。東京にとって返し、本日締切の原稿を書き、明日は日曜日にもかかわらずインタヴューが三本。

後ろ髪を引かれる思いで再び札幌駅から快速エアポート号に乗る。もし札幌日帰り競馬を計画するのであれば、くれぐれも土曜日は避けた方がよろしかろうと思う。なぜなら、その計画はたぶん土曜の最終レースが終わったとたんに挫折するからである。

五周年を迎えた新千歳空港は超豪華な設備を誇る。レストランとみやげ物屋の充実ぶりは、どう考えても世界一であろう。したがって市内では寄り道をせず、腹ごしらえもおみやげもすべて空港でまかなうのが賢明である。ここまで来てしまえば、まさか後ろ髪を引かれてもう一日という気にはならない。

みやげ物を買うにつけても、二条市場のように執拗《しつよう》な客引きに惑わされる心配もなく、じっくりと品物を吟味できる。

札幌遠征のたびに、いつも罪ほろぼしの北海道物産を家に送る。毛ガニ、チーズ、生ハム、スモークサーモン、生ラーメンといったところであるが、競馬場の帰りには勝っていようが負けていようが、みやげ物の代金などちっとも気にならない。

とりわけ夏場のおすすめは、北海道限定のアイスクリーム。何でも宮内庁御用達だとかということで、まことに旨い。

天候も上々、たそがれ時のフライトは雲と夕日が美しい。

今年から開催される九月の札幌競馬はぜひゆっくり楽しもう。

東京上空にさしかかったころには、砂子を撒いたような夜景のあちこちに、大輪の花火が打ち上がっていた。

阪神競馬のグッドセンス

二ヵ月間に及ぶ馬券禁断症状が臨界点に達し、ついにあらゆる約束を放棄して一泊二日の旅打ちに出た。

行先は阪神競馬場、狙いは二日目メインレースの朝日チャレンジカップ・GⅢである。三十年近くもうまずたゆまず馬券を買い続けてきた私にとって、この二ヵ月間は断食生活に等しかった。折しもローカル・シーズンだったのは不幸中の幸いで、これが春秋のハイシーズンであったなら、私は作家生命と馬券生命を秤にかけねばならなかった。

なにしろ七月六日に福島競馬場に日帰り、八月二日に札幌日帰り、その二日間を除いてはいっさい馬券に手を出していないのである。

長年の習慣というのは怖ろしいもので、私は毎日原稿を書くことと、毎週馬券を買うことに義務感を抱いている。やるかやらぬかではなく、やらねばならぬのである。しかも、両者はいずれも大好きなことであるから、義務を果たせぬ罪悪感とともに、禁断症状まで感じたのだった。

二ヵ月間まったく手出しができないのならまだ楽なのである。急病で入院したか留置場に入れられたかと思えばよい。しかし月に一度、しかもローカル日帰りというのは、あまりにストイックである。

かくて九月六日阪神競馬初日の早朝、泊りこみ編集者の目覚めぬうちに書斎を脱出した。書き上げた原稿の脇に「競馬に行く」とメモを置いたのは作戦である。家族も編集者たちも、てっきり目と鼻の先の府中場外か、せいぜい中山競馬場と思うだろう。まさか羽田から飛行機に乗って、長駆阪神競馬場に向かったとは考えまい。

中山の京王杯はどうでもいい。明日のメイン、朝日チャレンジカップは、無印エイシンサンサンの逃げ切りだあっ！


「のぞみ」の登場で東京―新大阪間は二時間三十分。かつての「ひかり」より三十分の短縮である。

この三十分の意味は重い。ほとんど飛行機VS JRの戦に決着をつけた感がある。しかも羽田は新ターミナルの開設によって、都心からさらに遠ざかった。

しかし、今回はあえて空路を選ぶ。なぜかというと、阪神競馬場の最寄駅である阪急今津線仁川駅は、大阪からも神戸三宮からも三十分、そのうえ西宮北口で乗り換えねばならない。ならば伊丹空港からタクシーを飛ばせば三十分たらずなのだから、最低一時間の節約はできる。つまり東京から阪神競馬場に向かうためには空路が正解。

どういうわけか「のぞみ」の登場以来、たいがいの人は「飛行機よりJR」と決めてしまったようで、搭乗客は激減である。関西への旅打ちには、「京都はJR、阪神は飛行機」と考えてよろしいだろう。それにしても日本は狭くなったものだ。

私が子供のころは、関東関西を結ぶ主役といえば在来線特急の「こだま」だった。東京オリンピックをめざして工事が進められていた東海道新幹線は、「夢の超特急」と呼ばれていた。

羽田—伊丹間の空路はもちろんプロペラで、それにしても飛行機という乗物自体が貴顕社会のものだったから、乗ったことのある人は珍しかった。高速道路と呼ばれたのは京葉道路だけで、東名も第三京浜も首都高速も存在しなかった。もっとも自家用車というものがほとんどなかったのだから、長距離ドライブそのものが夢だったと言っていい。

そう思えば、五冠馬シンザンは何と偉大であったことか。彼は一般国道を丸一日かかって輸送され、皐月賞もダービーも有馬記念も勝ったのである。ミスターシービー、シンボリルドルフといった名馬が登場したのは、高速道路網が整備されたあとであり、シンザンとミスターシービーの間には十九年間の傑出馬不在の時代があったことを思えば、シンザンという馬がいかに不世出の名馬だったかがわかる。

それにしても、交通の発達によって競馬がこれほど難しくなろうとは考えてもいなかった。つい十数年前まで、関西馬が関東の馬場を走ることは稀《まれ》で、その気の勝負がかりは今でいうGIレースとそのトライアル戦に限られていたと言っても過言ではなかった。

ところが昨今の競馬を見ると、まさしく東西が入り乱れ、「関西四季報」を持っていなければ予想もできない。関東のファンにしてみれば労力が倍になってしまった。

ただし、関西馬が積極的に東上するわりには、関東馬が西下することは少い。早い話が関東馬より関西馬の方が強いのである。ということはつまり、甚《はなは》だ不条理ではあるが、関東のファンは馬券を買うにあたって大きなハンデキャップを背負わされていることになる。

ちなみにこの九月六日（土）の阪神メインレース、ムーンライトＨＣには十四頭の出走馬中、関東馬の参戦はない。しかし同日の中山メイン、ニューマーケットカップには十一頭中二頭の関西馬が参加しており、そのうちのシアトルスズカが勝った。

また翌日の日曜日の阪神メインレース、朝日チャレンジカップにも関東馬の姿はなく、一方中山の京王杯オータムＨＣには、馬券にこそならなかったが一番人気のダンディコマンドと実力馬のドージマムテキ、ビコーアルファーのつごう三頭が轡《くつわ》を並べていた。

関東のファンがレース予想をする上で東西の四季報を読みながら倍の苦労をしなければならないのに、関西のファンにはほとんどその必要がないのは、まったくもって不公平な気がする。

さて、羽田を飛び立ってからわずか一時間半ののちに到着した阪神競馬場の変わりようには愕いた。

さる大震災で被害をうけ、ほぼ一年の時間をかけてリニューアルしたということは知っていたが、これはすごい。

まずセンスがよいのである。私は競馬場に美観など必要ないと言い張るオールド・ファンのひとりであるから、ここで言う「センス」とはもちろんデザインのことではない。ファンにとって、使い勝手がよいのである。

まず、パドック。これは世界一のセンスと言い切ってよい。

前々から、テレビモニターで見る阪神のパドックには好感を持っていた。向う流しの柵ごしに観客がいない。つまり周回する馬は白無地の壁の前を通過するまで、馬体がくっきりとモニターに映る。もちろんこの場所には、あの目ざわりな段幕もない。

ファンはパドックの手前をスリバチ状に囲んだ広大な斜面にひしめく。かなり遠くからでも、双眼鏡を持っていれば水平に近い角度で馬体を見ることができるのである。しかもこの斜面の効果で、パドックの収容人員は東京競馬場よりも明らかに大きい。

パドックの見方として最も重要なことは、周回する馬の体をいかに水平に近い位置から見るかである。上から見下ろす俯角になればなるほど、馬体の曲線も踏み込みも前肢の伸びもわかりづらい。

その点、最悪のパドックは、まるでオペラハウスの桟敷のように垂直のバルコニーに囲まれた、福島と中山のそれである。どちらも指定席のバルコニーから見下ろせば、馬の背中しか見ることができない。

多くのファンが水平に近い位置から馬を見ることができ、しかもテレビ映りまでよい阪神のパドックは、まさにパドックとは何かを知りつくした設計者の傑作である。

誰だか知らんがこの設計者は、おそらく長いこと競馬をやっているのだろう。勝ち負けは別として。


メインスタンド六階の来賓席「つばき」に通された。

仰天である。ホテルのスペシャル・スイートルームに競馬場がついている感じ。フカフカのソファが八席。専用テレビが三台。しかし客は私ひとり。

直木賞をもらうと「取材者」も「来賓」に格上げされるのかと思ったら、そうではないらしい。ダイアナ元皇太子妃が亡くなって、本日は二十五億人の人類がテレビで葬式を見ているのである。二十五億人といえば世界人口の半分で、したがって競馬場もガラガラ。もちろん「来賓」の方々の中には、本当にロンドンのお葬式に参列している人だっているのだろう。つまり私は、ダイアナ元皇太子妃の恩恵にあずかって、かくも豪華なゲスト・ルームに入る栄誉を与えられたことになる。

ともあれ、最上階のバルコニーにひとり立って、感慨無量であった。

競馬を始めたころは、ゴール板の前にかじりついてスピードシンボリに声援を送った。トウショウボーイやテンポイントを見たのは二階の一般席。ミスターシービーのころから、指定席に座ってじっくりレースを見るようになった。そしてようやく、この上はもう青空しかない貴賓席のバルコニーから、朝日チャレンジカップを観戦する。

つくづく、競馬ばかりをやってこなくてよかったと思った。

そう思えば、忙しくてろくに馬券も買えぬと嘆くのは、ただのわがままである。

宿泊は競馬場から十分ほどの名門「宝塚ホテル」。クラシックなたたずまいは私の好みである。折しも宝塚歌劇の女性客ばかりで、雰囲気もすこぶるよろしい。ホテルのすぐそばは宝塚温泉街であるから、ゆっくりと風呂につかって過ごすのもまた一興だろう。古い温泉街は震災ですっかり失われてしまったが、今はデラックスな温泉ホテルが立ち並んでいる。

六甲の山なみに囲まれた宝塚は美しい町だ。震災前の宝塚を私は知らないが、大きな悲しみの上に再生したこの町は、おそらく旧に増して美しいのではあるまいか。

一生に一度でいいから、この町のどこかに隠れ家を持って、競馬をしながら小説を書いてみたいと思った。


さて翌日。いよいよお目当ての朝日チャレンジカップ。

エイシンサンサンは案の定、まったくの無印である。ロビーで新聞を見たとたん、思わず「おお」と快哉《かいさい》を叫んだ。

なぜ無印なのだ。五月の緑風ステークスのまさかの逃げ切りをみんな忘れちまったのか。続く目黒記念でもあわやと思わせたほどの馬が、小倉の惨敗でミソをつけたからといってなぜ無印になるのだ。

というわけで、それまでの勝ち分をそっくり勝負。本線はエイシンサンサンVSパルスビートの⑥—⑧と、シンカイウンへの④—⑥。押さえに逃げ逃げ馬券のトウカイタローへ③—⑥。

エイシンサンサンが逃げ切るペースなら人気のサクラエキスパートは届かずと見て無視。実力馬トーヨーリファールは休養明けで坂路にしか入れておらず、これでは不足だろう。

三時四十五分、ゲートイン。

ところが逃げ馬エイシンサンサンは、無情の出遅れ。貴賓席の下のターフをトコトコと後方追走して行くではないか。ついついおのれの居場所も忘れて、「土肥のバカヤロー！」と叫んでしまった。

バカヤローはここ関西ではヤクザの間でも禁句なのである。せめて「土肥のアホンダラ！」と叫ぶべきであった。

しかしレースは意外な展開で進んだ。休養明けのトーヨーリファールは休みボケのせいか突然と昔の競馬を思い出し、果敢にハナを奪って逃げまくる。当然トウカイタローは追いすがる。

こうなりゃいっそオーバーペースになって、後方追走のエイシンサンサンが初の追い込みでも決めないものか。

と、念ずれば通ず、エイシンサンサンは予定通りかたまたまか、四角から一気に末脚を爆発させたのである。直線でシンカイウンに並ぶ間もなくかわされたものの、結果はみごと二着。九頭立てにもかかわらず馬番連勝５３６０円の大穴だった。

投票所のおばさんに拙著のサインを頼まれ、窓ごしに握手をかわす。競馬歴二十八年、よもや穴場のババアと握手をすることなどあろうとは、思ってもいなかった。長い競馬人生、何が起こるかわからないものだ。

雨の競馬場を上機嫌で後にするとき、ふと考えた。

もっと高く。もっと高く。

よし、来月は凱旋門賞へ行こう！

二十八年目の凱旋門

パリが一年のうちで最も美しい季節を迎えようとする十月の初め、たそがれのシャルル・ド・ゴール空港に降り立った。

ゲートを出て、まず時計の針を修正する。午後七時。日本との時差は八時間だ。そしてパリの日没は、東京より二時間も遅い。

シャルル・ド・ゴール空港はパリの北東わずか二十三キロメートルに位置し、三一一ヘクタールの規模はヨーロッパの空港中随一を誇る。もうひとつの国際線発着空港であるオルリーは、市の南東十四キロメートルとさらに近い。

パリがいかに広大な平野のただなかにあるかは、こうした空港の位置からもよくわかる。フランスは決して広い国ではないが、到着したとたんに妙にスケールの大きさを感じるのは、日本という国の地形が平野に乏しいからなのだろう。日本は狭いのではなく、生活に応用できる平野が少ないのだ。

タクシーの車窓から野兎の群が見える豊かな森を二十分も走れば、ハイウェイはそのままパリの市街地へと吸い込まれて行く。

十月五日にロンシャン競馬場で行われる凱旋門賞(PRIX DE L'ARC DE TRIOMPHE)を観戦するために、私はパリに来た。

ウィーンを経由して、わずか十四時間の旅であるのに、遥かな歳月をかけてようやくたどり着いたような気がするのはなぜだろう。

疲れ切った体をシートに沈めて、ともり始めたシャンゼリゼの灯を、ぼんやりと見つめた。世界中のどこでも感ずることのなかったふしぎな到達感。距離や時間では計ることのできぬほど遠い目的地に、疲れ果て、満身創痍《そうい》の体を引きずって、ようやくたどり着いた。長く険しい道だった。

私が競馬というものを知りそめたころ、スピードシンボリという名馬がいた。今から二十八年も昔のことだ。

一九六九年の秋、名手野平祐二を鞍上にしたスピードシンボリは、日本の馬としては初めて、凱旋門賞に挑んだ。一ドルが三百六十円という固定レートだった時代、多くの国民にとって海外旅行が夢物語だったころの話である。

結果は、勝ち馬から12馬身差の十着だった。

日本最強馬であると誰もが認めていたスピードシンボリが、12馬身の大差をつけられて負けた。翌日の新聞を見ながら、いったい世界の競馬とはどんなものなのだろうと思った。そして欧州各国のえりすぐりの名馬たちがロンシャン競馬場のターフに覇《は》をきそう凱旋門賞とは。

いつかこの目で見たいと、十七歳の私ははっきりと思った。

「お疲れのようですね、大丈夫ですか」

同行の編集者N君の声で、私はふと我に返った。

遅い夜の訪れとともに、シャンゼリゼにはうっすらと霧が出ていた。カフェの店先を彩る原色のネオンがにじんでいる。

「ホテルに入ったら、ともかくお休みになって下さい。明日からの日程もゆったり取ってありますから」

と、文芸担当編集者のC女史。そう言って私の体を気遣う二人の顔にも、疲労の色は濃い。凱旋門賞観戦を挟んで前後の十三日間という優雅な旅程である。いきおい出発前の前倒し原稿は膨大な量だったが、仕事を片付けておくということについては彼らとて同じだったろう。

N君とは五年ほど前に月刊男性誌で競馬に関するインタヴューを受けて以来のつきあい、一方のC女史は本業である小説の担当編集者で、この夏には彼女の編集にかかる短編小説集『鉄道員《ぽっぽや》』で直木賞を受賞することができた。

いずれも編集者というより、私にとっては気のおけぬ親友である。

タクシーはライト・アップされた凱旋門をめぐって、サン・ラザールのホテルに向かっていた。

「スピードシンボリという馬を、知っているかい」

私は脳裏を過ぎた思いを、そのまま口にした。

「名前だけは」

と、N君。

「さあ……」

と、C女史。

「二十八年前に、初めて凱旋門賞に挑戦した日本の馬だよ。暮れの有馬記念を二度勝った強い馬だった」

「二十八年前、ですか。何だか気が遠くなります。で、結果は？」

私が十七歳の高校生だったのだから、N君はまだ中学生だったことになる。

「大差の十着。信じられなかったな。スピードシンボリが大敗する姿なんて、想像もできなかった」

その後、メジロムサシ、シリウスシンボリの二頭が凱旋門賞に挑んだが、いずれも惨敗を喫した。世界の壁の厚さを日本のファンはいやというほど思い知らされてきた。

そして、今年（一九九七年）エントリーしたサクラローレルは、ロンシャンでの前哨戦フォア賞のあと屈腱炎《くっけんえん》を発症し、凱旋門賞への出走を断念していた。

「勝ち負けはともかく、走らせたかったですね」

と、N君はしみじみと言った。

サクラローレルの故障によって、多くの報道陣が凱旋門賞取材を中止したのだが、私は無理を通してパリにやってきた。どうしても凱旋門賞をこの目で見たかった。

「二十八年前って、浅田さんもう競馬をやってらしたんですか？」

C女史がふしぎそうに訊ねた。

「やってたよ。僕が初めて見たヒーローが、スピードシンボリだった」

「でも、文学少年だったとか」

「小説も書いていたけど、馬券も買っていた。今とあんまり変わらないな」

「へえ……変な高校生ですねえ」

素朴な疑問である。いったい自分がそのころどんな生活をしていたのかというと、はっきりとは思い出せない。

高校一年のときから親元を離れて、自由気ままなアパート暮らしをしていた。ともかくきょうびの高校生からは想像もつかない、破天荒な青春だった。

「ディスコにも通ってらした、とか」

「うん。ちゃんと学校に行きながら、本も読んで小説も書いて、ディスコにも競馬場にも通っていたよ」

自分でも妙に思うのだが、たしかにその通りだった。競馬場にもディスコにも通いながら、小説誌の新人賞にも応募し、出版社に原稿を持ちこんでもいた。

まるでいくつもの青春が、パラレルに存在していたような気がする。

とりたててタフだったというわけではない。独り暮らしのアパートにはテレビがなかったし、むろん当時はゲームセンターも、パソコンもなかった。今の高校生が相応の時間を費やしているそれらがなければ、小説を書くことと読書と、ディスコと競馬とが時間を埋めていたとしても、何らふしぎはあるまい。

「やっぱり、今とあんまり変わってないね」

と、私は独りごちた。

難しいことではなかった。好きなものばかりを好きなようにやっていただけで、気の向くままに快楽をつなぎ合わせると、自然そういう時間割になったのだろう。

遅ればせながら四十五歳で直木賞をいただき、好き勝手な人生にもとりあえずの一区切りがついたような気がする。

タクシーはシャンゼリゼの賑わいを通り過ぎて、コンコルド広場に出た。ホテル・クリヨンの角を回ってマドレーヌ寺院の脇を抜ければ、サン・ラザールは近い。

なにげなく凱旋門を振り返って、私はようやく気付いた。わずか十四時間の旅であるのに、遥かな時間をかけてようやくここまでたどりついたように思えるのは、なぜか。

二十八年前、スピードシンボリが負けたあの日から、世界の名馬がロンシャンのターフを駆け抜けるさまを、夢に見続けてきた。いつの日か凱旋門賞のスタンドに立って声援を送る自分の姿を、ありありと胸に描き続けてきた。

やっとたどりついたのだと、私は思った。

ホテル・コンコルド・サン・ラザールは、ノルマンディ方面への列車のターミナルであるサン・ラザール駅のロータリーに面して立つパリの老舗《しにせ》である。

編集者たちは私の貴族趣味を満足させるために、プラザ・アテネかリッツの部屋をとるべく手をつくしてくれたらしいが、あいにく凱旋門賞とパリコレが重なって、超一流どころはどこも満室だったそうだ。

しかし、一八九八年開業というこのコンコルド・サン・ラザールも、なかなか素晴らしい。チェック・インをすませると、支配人がわざわざロビーまで出てきて、丁寧な挨拶をしてくれた。

「小説家《エクリヴァン》」は文化と芸術の国フランスでは、どのような職業にもまさる名士として遇される。いいお国柄である。

四階の角部屋は広く、駅前広場を見下ろす窓辺には、執筆用のマホガニーの机が用意してあった。

忙しい仕事はあらかた片付けてきたが、十三日間の逗留《とうりゅう》中に、週刊誌の連載エッセイを二回分執筆しなければならない。

オレンジ色の街灯とカフェのネオンに彩られたサン・ラザール駅頭の夜景を眺めながら、パイプに火を入れる。

お気に入りの葉は、ボルクム・リーフのチェリー・キャベンディッシュ。甘い芳香はパリの街によく似合う。

パイプには、シガレットではけっして味わえぬすぐれた鎮静効果がある。だから私のようにせっかちで、物を考え始めるととりとめようもなく妄想の膨らむ性格の人間にとっては、むしろ薬である。

小説の構想を練るときには、深く重い葉煙草をやりながら、想像力を制御して行くぐらいでちょうどよい。野放しにしておくと物語は頭の中で膨らむだけ膨らんでしまい、ただの嘘になる。

独りになると必ず襲いかかってくる忘れ難い記憶も、疼《うず》き始める古傷も、パイプは適度に癒してくれる。そして次第に、やさしい時間が甦る。

それにしても、数学的には誰もが負けるはずの競馬を、うまずたゆまず、二十八年間よくも続けてきたと思う。

午後八時、パリの西空はようやく群青の色に昏れた。

小説と競馬――ともにロマンチックでドラマチックな二つの世界を車窓の両側に見ながら、とにもかくにも十七歳から四十五歳までの人生を走り抜いてきた。

その間、捨てたものは数知れない。たかだかの金や時間ばかりではなく、学問や恋や友情や、そのほかのかけがえのないものを、たくさん捨ててしまった。

小説はそうした犠牲の代償として、直木賞という栄誉を私の上にもたらした。

しかし、競馬は――

サン・ラザール駅前のカフェの賑わいを見下ろしながら、私はこの遥かな旅の真の理由に思い当たった。

いつかパリの秋空の下で、えりすぐりの名馬たちが世界一の覇を競うという凱旋門賞を見る。自分自身も選び抜かれた男となって、あのロンシャンのスタンドに立つ。

よく学びよく働き、かつよく遊んだ二十八年に乾杯。

ひとりぼっちの栄光には、グラスの向こうににじむパリの灯がふさわしい。


パリには六つの国鉄始発駅がある。

モンマルトルの丘の東裾に北駅と東駅。南の麓にサン・ラザール駅。セーヌ川を挟んでリヨン駅とオステルリッツ駅。市街の南側にモンパルナス駅。

それらはみな各地方からの列車の終着駅であり、また始発駅である。それぞれの駅の間は市内を縦横に走る地下鉄のネット・ワークが結んでいる。ということはつまり、パリ市の中心部に鉄道路線はなく、踏切もガードもない。

パリという都市は、産業革命の荒波の中でも、毅然《きぜん》として人間の住まう美しい場所の形を守り続けてきた。第二次大戦中にはパリを占領したナチス・ドイツも、またそれを奪還した連合軍も、この美しい町に対して爆撃を加える勇気を持たなかった。パリは誰の目にも、存在そのものが巨大な芸術品だったのである。

ホテル・コンコルド・サン・ラザールは、その名の通りサン・ラザール駅前に建つ、一八九八年創業の老舗である。もっともヨーロッパのホテルの常識では、百年という歴史を「老舗」とは言わぬのかもしれないが。

サン・ラザールは東京の地図にたとえるなら上野か秋葉原、とでもいうところか。渾然とした下町っぽい雰囲気の中に、生粋のパリを感じさせる土地柄である。

クラシックな外観のサン・ラザール駅からは、ノルマンディー方面への列車が発着する。北はすぐにモンマルトルの丘で、オペラ座を中心とする繁華街も近い。

秋空に向かって大きく開かれた四階の窓からサン・ラザールの駅頭を見下ろす。メトロの階段を出入りする人。早起きで夜更かしのカフェの店先。ぼんやり眺めているだけでも、時のたつことを忘れてしまう。

三十年近くも馬券を買い続け、その結果ついに凱旋門賞にまでやってきた競馬ファンは、そうはいないだろう。つまりその間、勝てぬまでも人生を狂わすほど負けはしなかったということだ。二十五パーセントという控除率のある限り、この結果は「奇蹟」と呼ぶほかはあるまい。

前途ある若者たちのために、この「奇蹟」をわかりやすく説明しておこう。

競馬場やウインズに朝早くからやってきたファンは、第一レースの新馬戦になにがしかの馬券を買う。ファンファーレが鳴り、ゲートが開けばものの一分後に結論は出る。多くの馬券は紙屑《かみくず》となり、ごく一部の的中馬券が払戻しを受けるのだが、はずれ馬券の全額が配当金に充当されるわけではない。まずＪＲＡが売上金の二十五パーセントを取り、残る七十五パーセントを配当金として払戻すのである。

すなわち、ファンの与《あずか》り知らぬ窓口の向こう側で、売上の二十五パーセントは煙のごとく消えてしまう。

たとえば、競馬場をひとつの巨大なゲーム・テーブルだと考えてみよう。テーブルを囲んだ大勢の人々が思い思いの目にチップを張る。しかしこのゲームはルーレットやブラックジャックのように、あらかじめ配当が決まっているわけではない。賭け金総額の二十五パーセントをまずディーラーが取り、残る七十五パーセントを的中者に配分するのである。つまり一回のゲームに賭けられたチップのうちの四分の一は、その瞬間にテーブルの上から消えてしまうわけだ。

このゲームを一日に十二回、重賞レースや全国発売分を加えれば十五回か十六回もくり返せばどういう結果になるだろう。理論的には要領のよい「勝ち逃げ」組を除き、ゲーム参加者全員が負けることになる。いや、負けるなどというなまなかなものではなく、参加者全員の持ち金がすべてディーラーの懐に収まっても、何らふしぎはない。

中山競馬場からの長いオケラ街道で、あるいは京王線の新宿行臨時急行の車中で、どの顔もどの姿も「負け組」に見えるのは、決して気のせいではない。実はほとんど全員が負けているのである。

勝ち負けの悲喜こもごもなど、一レースごとに賭け金の四分の一が徴発されて行くシステムの前では幻想に等しい。一日の最後にトータルの勝ちを得ることは、数理上では「奇蹟」とも言えるのである。

なぜ勝てないのだろう。どうすれば勝てるのだ——システムを解析できないファンはこの懊悩《おうのう》をくり返しながら、やがて経済的負担に耐えきれず競馬から離れて行く。そしてたまさか経済力のある者は、ほんの数年のうちに大散財をし、人生を狂わせてしまう。

それにしても、二十八年もの長きにわたってよくも馬券を買い続けてきたものだ。一日の「奇蹟」が年間開催約百日、つごう二八〇〇回も私の上にめぐってきたことになる。

ともあれそうした「奇蹟」の累積の末に、私は凱旋門賞にたどり着いた。

あくる十月二日朝、駅前広場に面したカフェ・デュポンでクロワッサンとカフェ・オ・レの朝食をとる。ホテルの窓から見える赤いテントのこの店で、パリの朝を味わいたかった。

それに——五日の凱旋門賞までに、考えておかねばならぬことはいくらでもあった。

思索と行動。この二つがずっと私を支えてきた。もしかしたら、二八〇〇回の奇蹟を起こし続けてきたのも、思索と行動という両輪のバランスだったのかもしれない。

常に思索する。怪力乱神の類い、占いや勘やジンクスなどの、合理的説明のつかぬ考えはこれを徹底的に排除し、秩序だて、道理をたどって物事を思索する。

結論を得たらすみやかに、正確に行動をする。躊躇《ちゅうちょ》してはならない。また怠惰であってはならない。十分な思索の末に得た結論を迅速正確に行動で表現すれば、まちがいは起こらない。もしその結果が悪かったとしたら、それは思索が不十分であったか、行動に迅速さか正確さが欠けていたのだ。むろん決して運が悪かったのではない。結果を運のせいにしたら、人生は一歩の前進もせず、人間は一センチの成長もしない。

思索と行動。この両輪をバランスよく操りながら、ともかく私はここまでやってきた。

才能などというものは、ほんのとるに足らぬ、車のパーツのようなものだ。たとえばシートのよしあしとか、間欠ワイパーとか、ラジオの感度とかいう程度の。あるいは車の性能とはもっぱら関係のない、価格をひけらかすためだけのエンブレムにしかすぎない。その伝で言うのなら、生まれや育ちも、学歴も、環境も同じようなものだ。

人間は常に、思索と行動という両輪によって走っている。そしてそれらを駆動させるものは「努力」というエンジン。「良識」というハンドル。右足は「勇気」というアクセルと、ときには同じ名のブレーキを踏む。そして左足はすべてが「分相応」に収まるようにクラッチを操作する。

これらの機能がことごとくバランスを保っていれば、人生の車はまっすぐに走り続ける。決してあわてることはない。

思索と行動。パリのカフェでクロワッサンとカフェ・オ・レの朝食をとっていても、考えねばならぬことはいくらでもある。

朝食の代金は五十フラン。日本円でちょうど千円だから、これは高い。しかもギャルソンには五フランのチップ。

外国旅行中は誰しも金銭感覚が麻痺《まひ》してしまう。物価も通貨の単位もちがうからである。そのうえ気分は高揚しており、消費活動についての冷静さはまったく失われてしまう。

この感覚は何かと似てはいないか？

そう、競馬場だ。入場券を買ってゲートをくぐったとたん、誰もが異邦人になって日ごろの「円」の感覚を失ってしまう。

競馬で奇蹟的な勝ちを拾うための出発点は、まずこれだろう。都市の中の異界である競馬場で、日常と同じ金銭感覚を維持している者のみが勝者たる資格を持つ。

マークシートに千円という金額を記すとき、その千円が外界ではどれほどの効力を持つものか、冷静に知っていなければならない。本が一冊買える。腹いっぱいの飯が食える。うまくすれば、一日を暮らせる金だ。そういう大金を、たまさか競馬場にきたからといって湯水のごとく使えるはずはない。

そんなことでは馬券など買えるわけはない、と多くの人は考えるだろう。しかしそれはちがう。馬券を買うときには、この貴重な金を決して失ってはならないという強い意志が必要なのだ。決して負けてはならない。勝てぬまでも、日々の労働でようやく得ることのできた尊い報酬を、たかが競馬ごときに奪われてはならない。

この金銭感覚を持つ者のみが、真剣な予想をする。そしてほとんどのファンはこうした真剣な予想ができないから、オッズが存在するのである。常に強者が勝ち弱者が負けるスポーツでありながら、「強者あてクイズ」の予想がかくも分散してしまうのは、それだけファンたちが真剣な予想をしないからだ。

すなわち、競馬で勝つことは数理的には「奇蹟」なのだが、真剣でない大多数のファンが大金を拠出している以上、現実には「奇蹟」ではない。競馬は必ず勝てる。

パリのカフェで五十フランの朝食を高いと感ずる旅行者は少ないだろう。だが、いちいちそう考えることのできる人間だけが、ロンシャンのゲートをくぐる資格を持つ。

つまり――競馬で勝つ者は人生のすべての局面で勝利を収める。だから「馬券のプロ」など、この世には一人も存在しない。

一九九七年現在、フランス国内には二六五の競馬場が存在する。

これはすごい。なにしろパリ市内だけで六カ所、日帰り可能な郊外のものを合わせれば、実に十一カ所の競馬場が密集しているのである。パリ市の面積は東京でいう山の手線の内側ほどであるらしいから、この数字はただものではない。

しかし、だからといってそれらの競馬場が窮屈な町なかにあるのかといえば、決してそうではない。

たとえば凱旋門賞の行われるロンシャン競馬場は、パリの目抜き通りシャンゼリゼからタクシーでものの五分、ブローニュの森を抜けて歩いても、二十分ばかりのところにある。東京にたとえるなら、銀座から見た皇居の位置、あるいは渋谷・新宿から見た神宮外苑とでもいうところか。パリはその都市構造そのものが巨大な芸術品なのである。

フランス競馬の始源は太陽王と呼ばれたルイ十四世の時代に遡《さかのぼ》る。以後、競馬発祥の地イギリスに範をとって、二十世紀初頭にはほぼ同レベルの水準に達した。

その間、フランス革命と第二次世界大戦という二度の危機に見舞われたものの、施政者の理解とホースマンたちの努力により、ほとんど中断されることなく今日の隆盛に至っている。

私の滞在するホテルは、イギリスやノルマンディー、ブルターニュ地方からのパリの玄関口にあたるサン・ラザール駅の近くである。ホテルの並びにPMUと呼ばれる場外馬券売場があり、いずこも同じ競馬オヤジたちで賑わっていた。

もっとも、これはわが国のウインズとはあまりに趣がちがう。ふつうの商店ほどの間口で、内部にはちょうど銀行のキャッシュサービス・コーナーのように自動発券機が何台か並んでいるきりなのである。つまり、このような小規模の場外発売所がパリ市内に八九四カ所、フランス全土で約七千カ所もあり、毎日なにがしかの馬券を発売しているというわけだ。

このPMUで発売されている馬券で最も人気が高いのは三連勝式で、TIERCÉ（ティエルセ）と呼ばれ、場内で売られるTRIO（トリオ）と同じものである。すなわち、一、二、三着を連勝複式で当てるもの。もちろん、単勝、複勝、一、二着の連勝複式の馬券も発売しているが、場外の主流は圧倒的にこのティエルセであるらしい。

オヤジたちは近くのカフェでのんびりと新聞を拡げ、十フラン（約二〇〇円）単位のティエルセ馬券を買う。日本の場外売場にはつきものの喧噪や一種の切迫感は、かけらも見られない。

一九九七年現在、フランス国内は失業率十一・五パーセントという大不況に見舞われているのだが、ＰＭＵをめぐる優雅なファンたちの表情には、生活のかかった殺伐とした空気はまったく感じられない。どうやらパリジャンは、競馬の楽しみ方をよくご存じのようである。

凱旋門賞前日の十月四日、ウォーミング・アップも兼ねて憧れのロンシャン競馬場へ。凱旋門から西にまっすぐ延びるフォッシュ大通りを一キロばかり下ると、道路は色づき始めたブローニュの森に吸いこまれる。都市公園と呼ぶにはあまりに豊かで、やはり文字通り「ブローニュの森」である。

その深い木立がふいにひらけて、海原のような緑のターフとそこに浮かぶ白亜のスタンドが現れるさまは、まるで夢を見るようだった。

ロンシャンの開催は春の四、五、六月と、秋の九、十月。

春のメイン・レースは言わずと知れたパリ大賞。そしてイギリスの２０００ギニー、日本の皐月賞にあたるプール・デッセ・デ・プーラン。１０００ギニー・桜花賞にあたるプール・デッセ・デ・プーリッシュ。秋のメインが凱旋門賞である。

スタンドに立って、まず仰天した。コースの全容が肉眼ではまったく捉えることができないのである。一周２８００メートル、直線６００メートル。しかし外回りコースの第四コーナーはきわめて大きな弧を描いているので、コーナーというよりもストレッチと言った方がいい。ということは、実質的にゴール前１０００メートルの直線で叩き合うことになり、いわゆるフロックなど有りえないという気がする。

コースの外縁は深い森に囲まれているので、馬群がどこを走っているのかがまずわからない。四コーナーのゆるいカーブのあたりで、馬たちが一斉に森の中から飛び出してきたように見える。

私の初めて目にしたロンシャンは、競馬場という名の自然の一部分だった。

フランスの馬券の種類はきわめて多様である。というより、日本のそれがあまりに貧しいのかもしれない。

わが国の馬券の種類が法律によって規制されているのは、おそらく射幸心をあおるからという理由なのだろうが、少なくともフランスの競馬を見るかぎり、おせじにもファンがギャンブル熱に浮かされているとは言いがたい。元来、バクチというものはルールとシステムが単純であればあるほど、参加者は過熱する。ドンブリバクチや丁半は熱くなるのである。逆に、ルールやシステムが複雑になればなるほど、ギャンブルはゲーム性を帯びてきて興奮しづらくなる。

すなわち、今日JRAが採用している「単」「複」「連」の三種類の馬券縛りこそ、実は最も過熱しやすいシステムなのではなかろうか。

フランスの馬券はガニャン（GAGNANT）と呼ばれる単勝馬券から、キャンテ（QUINTÉ）という五連勝複式（！）までおよそ十種類もある。

どう考えても、一着から五着までを当てようなどという馬券に熱中できるはずはなく、ギャンブルというよりもむしろ、宝クジの世界の話だろう。ただし一生に何度かの夢を託することはできるのだから、わが国にもあってよい馬券の楽しみ方だろうとは思う。

私が買うことにきめたのは、数ある馬券の中で、さきのガニャン（単勝）、ジュムレ（JUMELÉ・連勝複式）、シュペール・ジュムレ（SUPER　JUMELÉ・連勝単式）、およびトリオ（TRIO　三連勝複式）の四種類である。

場内に自動券売機はなく、すべて窓口の口頭になるが、フランス語ができないからといってあわてる必要はない。

たとえばメモ用紙に、
GAG・50F・⑥、JUM・50F・②—⑥、③—⑥、④—⑥、TRIO・20F・②—③—⑥、②—③—④、③—④—⑥
などというふうに書いて手渡せば、容易に購入することができる。

ただし、窓口の機械はJRAのそれと比べればそらおそろしいほどアナログで、操作する職員たちも機械と同様にアナログである。あまりたくさんの目を買おうとすると溜息をつきながら、「まちがうかもしれんよ」などと言われる。

実際、細長い銀紙のような馬券を何枚も持っているファンは稀《まれ》で、ほとんどの人は一点か二点の買い目でレースを楽しんでいるように見える。

競馬新聞はパリ・ターフ（PARIS　TURF）という十八面の専門紙一紙のみ。しかも近在の競馬場で行われているレースの枠順がズラッと並んでいるだけの、いわば出走表である。したがってファンの多くは、入場門で配布している「本日の出走表」らしきものを見て馬券を買う。万事こんな具合で、午後一時半に第一レースがスタート。しごくのんびりと、一日に七レースか八レースが行われる。

一九九七年十月五日、私は第七十六回凱旋門賞を観戦するために、パリ・ロンシャン競馬場のゲートをくぐった。

世界で最も優雅な競馬場ロンシャンは、シャンゼリゼから歩いてもわずか二十分、色づき始めたブローニュの森の中にある。

その起源は遠く一七七六年、ルイ十六世がこの地に王侯のためのレース・コースを営んだことに始まる。ナポレオン三世の命を受けた異父弟モルニー公爵がロンシャン大修道院の敷地に大規模な競馬場を完成させたのは一八六二年、あくる六三年の五月には第一回パリ大賞が挙行された。

パリ・コミューンの嵐から第一次世界大戦に至る二十世紀初頭、フランスの競馬は荒廃したが、戦後世界平和の祈りをこめて、国際レース凱旋門賞が誕生した。一九二〇年十月のことである。

フランス革命から第二次世界大戦まで、常に激動の歴史の中心に位置しながら、決して人類の叡智《えいち》と文化の尊厳を喪《うしな》わず、平和の尊さを誇り高く謳《うた》い続けてきたパリ。この都にこそ真の国際レース・凱旋門賞はふさわしい。

紳士淑女の行き交う貴賓席の芝生で、ぼんやりとパイプをくゆらせながら、祖父と父のことを考えた。

明治三十年に生まれた祖父は絵に描いたような江戸ッ子で、宵越しの銭は持たず、生涯を博奕《ばくち》と喧嘩に明けくれた人だった。

着物の肩に跨《また》がり、鳥打帽の額にしがみついて競馬を見た記憶がある。帰りの京王線の車中で、僕も大きくなったら競馬がやりたいと言ったら、いきなり、拳固で頭を叩かれた。

「ばかやろう、競馬なんざ、ごくつぶしのやるこった」

その競馬場に、当の本人が孫まで引き連れてやってくるのだから、私には叱られた意味がまったくわからなかった。たぶんその日、祖父は大負けしたのだろう。

博奕打ちがごくつぶしならば、父は祖父に負けず劣らずのごくつぶしだった。

ただし、この人は天才的に博奕がうまかった。やはり終生を麻雀と競輪に費やしたが、負けて憔悴《しょうすい》している姿は、ただの一度も見たことがない。いや、正しくは見せたことがなかったのだろうが、勝ち負けが態度や表情に現れなかったということは、やはり名人だったのだ。

そんな父ですら、「バクチはごくつぶしのやることだ」と言い続けていた。

父は七十歳まで毎日のように競輪場に通い、寒風吹きすさぶ京王閣で風邪をこじらせて病院に担ぎこまれ、数日後にあっけなく死んだ。

命日はおりしも私が吉川英治文学新人賞を受賞した当日で、報せを聞いたとたん、「これで次郎はバクチ打ちの跡を継がねえな」と呟いたそうである。

受賞作『地下鉄《メトロ》に乗って』の主人公・小沼佐吉は、父がモデルだった。

ロンシャンのパドックに散りかかるマロニエの葉叢《はむら》を見上げる。

父祖の遺訓にさからって、私は博奕を打ち続けた。その結果とうとうここまで来たのだと知れば、亡き父や祖父はどんな顔をするのだろう。

決して褒めはするまい。ばかやろうと叱られたら、言い返してやる。

「ごくつぶしもここまでくりゃあ、上等じゃねえか」とでも。

もっとも、博奕打ちは勝っても負けてもごくつぶしであることに異論はないが。

秋空に立ち昇る煙を目で追っているうちに「ムシュウ・アサダ」と名を呼ばれた。世界をフィールドにする女性カメラマン・今井寿恵さんが私を手招いている。

日本から来た小説家《エクリヴァン》を、パドックの中に入れてくれるらしい。お言葉に甘えて柵内に足を踏み入れる。マロニエの葉陰に被われた緑の芝生。ここは世界の競馬の核心、第七十六回凱旋門賞のパドックだ。

グリーンのジャケットを着た紳士の一団が歩いてきた。中心人物らしい一人に、今井さんが挨拶をする。

「ご紹介します、殿下。こちら、日本の作家の浅田次郎さん」

殿下と呼ばれた紳士は私に向かって微笑みかけ、親しげに掌を差し出した。

「浅田さん、こちらがドバイのシェイク・ムハンマド殿下です」

偶然にはちがいない。だがそのとき私は、生まれて初めて神の配慮を信じた。

「ナイス・ミーチュー、ミスター・アサダ」

シェイク・ムハンマドは冷ややかに汗ばんだ掌で、私の掌を握った。

「光栄です、殿下」

表敬の英語が思いつかず、私は母国語でそう答えた。

祖父と父について、もうひとつ思い出されることがある。

彼らはいつも、きちんとした身なりで勝負の場に臨んだ。まるで宴の席に招かれるかのように。

ともに江戸前の洒落者《しゃれもの》であったせいもあるが、それにしても博奕を打ちに出かけるときの彼らは、装いだけでそうとわかった。

べつに教えられたわけではないが、私もいまだかつてぞんざいな普段着で競馬場に出かけたためしはない。日本ダービーと暮れのグランプリの前にはスーツを新調することも、この数年の習いである。

筋金入りの博徒であった祖父は、若い時分からきっとそのように躾《しつ》けられていたのだろう。競馬場に行くときは上等の紬《つむぎ》を着、トレードマークの鳥打帽を冠った。父もそれを見習ったものか、夏の日ざかりに真っ白な麻の背広にパナマを冠っていそいそと出かけたものだ。

礼儀正しく、という意味ではあるまい。祖父も父もおよそ社交とは無縁の孤独なギャンブラーだったのだから、たぶんそれは、彼らが博奕に向き合う姿勢だったのだろう。

子供のころから学問をせよと言われたことはただの一度もないが、耳にタコができるほど聞かされた訓《おし》えがある。

まずいものは毒。

きたない身なりは恥。

偏屈な江戸ッ子の人生観ではあるが、どのように貧乏をしても、この訓えだけは守った。たぶん男としてのぎりぎりの矜持《きょうじ》を、私はこの二つのこだわりだけで保ってくることができたのだと思う。

世々の若者たちにははっきりと言っておく。まずいと直感したものを食べてはならない。むろんこれは食物に限ったことではない。そして男子たるもの、人生の浮沈にかかわらず常にきちんとした身なりを心がけ、凜《りん》と背筋を伸ばしていなければならない。女どもの視線に気遣うためではなく、おのれの矜持のために。

命の次に大事な金銭をやりとりする博奕の場で、これらはことさら大切な要素である。ジーンズにTシャツ姿で徒党を組み、あるいは女を連れてパドックのきわにしゃがみこむような輩に、博奕を打つ資格はない。親に何と言われようが、世間からどう見られようが、堂々と男の道楽を全うしようとすれば、何よりもまず姿がよくなるはずである。普段着でできる気楽な遊びは、ほかにいくらでもある。

ちなみに、凱旋門賞当日の私のいでたちは、アルマーニの紺のスーツにボルサリーノ、時節柄ポール・スチュアートのライトコート、靴はブルーノ・マリ。これぞ極めつけのごくつぶしファッション。

　博奕は神と闘う遊戯。そしておのれと向き合う場所。このことを、おそらく祖父も父も知っていた。

　それにしても、凱旋門賞に押し寄せた日本人客の身なりの、何と見苦しかったことか。世界に対する非礼、おのれに対する無礼このうえない。


　十三日間の滞在ののちにパリを去る日、私は市街を一望に見おろす凱旋門の上に立った。花の都はそこを中心にして、放射状に開けている。

　小説を書くのと同じ精密さで競馬の予想をし、馬券を買うのと同じ誠実さで、小説を書き続けた。そうした不断の努力の結果、私は凱旋門の頂きに立つことができた。

　遊びが仕事の息抜きであるというごく一般的な考えは、誤りである。遊びを遊びとして楽しむのは、余命を算《かぞ》える年齢になって初めてすればよい。遊びはおのれの生涯をかける仕事を、確実に担保にするものでなければならない。

　すなわち、おのれの生涯をかけるにふさわしい道の見出せぬうちは、決して遊んではならない。道を発見し、努力を惜しまぬ決意さえできれば、遊びはすべて人生にとって有効なものに姿を変える。そしてこうした真摯《しんし》な遊びを知らぬ者に、さらなる大きな道が開けることはない。

良く遊び良く学べという格言の真髄は、つまりこういうものである。人間はみなごくつぶしではあるが、人生におけるその規模の大きさを、たゆまずに希求することは人間の人間たる所以《ゆえん》であろう。

凱旋門を渡るパリの風は冷たい。

かつてこの壮麗なる建造物を自らの凱旋のために建てながら、ついに自らくぐることのできなかった壮大なごくつぶしがいた。

その男の名は、ナポレオン・ボナパルト。

凱旋門上の冷えきった風に吹かれたとき、私は彼の人生に恐怖した。

男は常に恐怖し続ける。恐怖なき人生などろくなものではない。そしてその恐怖をひとつずつ、決して回避せずに克服しながら、男になって行く。

さきゆきは知れぬが、誓いは必要だろう。私は、セント・ヘレナでは死なない。

文豪アーネスト・ヘミングウェイは、作家を志して貧苦に耐えていた一九二〇年代のパリで、毎日のようにオートウィユやアンギャンの競馬場に通っていたという。

小説に親しまぬ若い読者に、彼のプロフィールを伝えておこう。

ヘミングウェイは一八九九年の生まれ。二十世紀のアメリカ文学を代表する作家である。「失われた世代」の内面を描き、その代弁者といわれた。戦争・闘牛・狩猟など、常に死と密着した行動的・男性的な世界を、非情ともいえる簡潔な文体で書きつづり、代表作には

『日はまた昇る』『武器よさらば』『誰がために鐘は鳴る』『老人と海』などがある。

家族を抱え、貧苦にあえいでいた二十代の彼は、まさに生活のために競馬をやっていた。男として生き男として死んだ、いかにも彼らしい日々である。

かくいう私も、二十代の日々の多くをヘミングウェイと同じように過ごしてきた。毎週末の競馬は趣味でもなく娯楽でもなく、売れぬ小説を書くかたわらに稼いだわずかな金を、二日間のレースでどれだけ増やすかという目的のために、競馬場へと通っていたのである。

信じようが信じまいが、その数年の間私は負けなかった。常に勝つつもりで家を出、たいてい何がしかは勝って帰ってきた。少なくとも、年間のトータルでは大幅なプラス収支であった。

いったいどんなふうに馬券を買っていたのだろうと、今もふしぎに思う。

まず言えることは、おそろしく勤勉であった。ひとつのレースが終われば、綿密な感想文を書き、競馬新聞に貼り付けた。その晩にはスポーツ新聞のレース詳報をスクラップし、月曜日からは早くも週末の情報を集め始めた。

しかし、馬券はあまり買わなかった。もちろん早朝から最終レースまで競馬場には居ずっぱりなのだが、買うレースはせいぜい一日に二レースか三レースだったと思う。そのうちの一つか二つは的中したのだから、まず負けるはずはなかった。

生活のために競馬をやろうとすれば、誰でも同じ流儀になる。おそらくパリ時代のヘミングウェイも、そんなふうに馬券を買っていたのであろう。

べつだんストイックな博奕を打っていたわけではない。真剣に勝とうと考え、その志に恥じぬ努力をすれば、「買い」のレースは一日に二つか三つしかないのである。ただし、馬券を買っていないからといってそのレースをおろそかにするのではなく、パドックでの吟味もレース観戦も、勝負レースと同様の注意を払った。

競馬場の中の金と外の金は、決して別物ではない。馬券に投じた金はおもちゃの紙幣ではなく、いったんゲートの外に出れば子供のミルクを買うことも、家族で食事をすることもでき、親の薬代にもなり、書物を買うこともできる。この経済感覚を失わなければ、学問や仕事をするのと同様の努力を競馬の予想に集中させることができるのである。そしてその結果、「買い」のレースはせいぜい二つか三つに絞りこまれる。

こうした努力は、二十五パーセントという致命的な控除率すらも、十分にはね返す。

十三日間のパリ滞在をおえ、シャルル・ド・ゴール空港に向かう途中、シャンティイの競馬場に立ち寄った。

パリの北四十二キロ、七千ヘクタールの広大な森の中に、ルイ王朝期そのままの大厩舎《だいきゅうしゃ》と古城とが建っている。瀟洒《しょうしゃ》で美しいスタンドは草原からつらなる遥かなターフの先だ。

突然の驟雨《しゅうう》に見舞われて駆けこんだ厩舎の軒下で、英国人らしい老紳士に言葉をかけられた。

「凱旋門賞を見にきたのですか」

「はい。空港に行く途中です」

紳士はハンチングの庇《ひさし》を上げて厚い雨空をふり仰ぎ、私の顔をまじまじと見た。

「日本人？」

「はい」

「サクラローレルは、残念でしたね」

何でもサクラローレルが出走したフォア賞では、2・8倍の一番人気に一票を投じてくれたそうだ。ローレルは3馬身半差の八着に敗れ、その後右前屈腱炎を発症して、凱旋門賞に轡《くつわ》を並べることはできなかった。

「日本から、サクラローレルを応援に？」

「いえ。凱旋門賞を見にきました」

負け惜しみと思ったのか、生意気な日本人だと思ったのか、紳士は両手を挙げて大げさに驚くふうをした。

「競馬が、好きなんです」

老紳士の目をまっすぐに見て、誠実な気持ちで私は言った。妙な誤解をされてはならなかった。言葉に嘘はない。なぜ私がパリにやってきたかと問われれば、答えはどう考えてもそのひとつしかなかった。

スタンドに立ちつくした三十年の歳月を説明するには、時間も、語学力も足りなかった。

パイプに火を入れて、シャンティイの雨空に煙を吐き出しながら、私は思いついた一言だけを呟いた。

「疲れました」

ふいに老紳士は、私の肩に手を置き、低い声で笑った。心が通じたのだと思った。彼もたぶん、長い時間を競馬場のスタンドで過ごしてきたのだろう。

旧式のシトロエンが草原を走ってきた。森の中の駐車場に止めてあったのだろうか、私たちの前でクラクションを鳴らして急停止すると、孫らしい青年が運転席から老人を手招いた。

「グッド・ラック。サヨナラ」

紳士は私に握手を求め、日本語をひとつ残して去って行った。

大厩舎の中は博物館になっている。

中世以来の馬具や馬車が陳列されており、なかなか興味深い。日本の競馬は近代になって輸入されたもので、それ以前の馬事文化とはほとんどつながりがないが、ヨーロッパでは遥かな昔から「娯しむための競馬」が続いている。農耕や畜産とも、むろん軍馬の育成とも関係のない、ひたすら速さを競うサラブレッドの文化である。

世の中の転変にかかわりなく、こうした優雅な文化を常に社会の一部に組み入れているヨーロッパ人の生活はまことにうらやましい。

厩舎から出ると雨空は嘘のように晴れ上がっていた。濡れて青みを増した草原の彼方に、白亜のスタンドが浮かんでいる。内馬場と呼ぶには広すぎる芝の上では、馬車のトライアル・レースが行われていた。

二頭のサラブレッドの曳《ひ》く馬車に、装いをこらした男女のペアが乗り、坂路を越え、障害をめぐってタイムを競う。ゴールした馬車には、見物人たちから惜しみのない祝福が与えられる。

凱旋門賞を制したパントルセレーブル号がパドックに戻ってきたときの祝福の渦を、私はたちまち思い出した。勝者への心からの祝福。それは競馬が、ただの博奕ではないという証《あかし》だ。すなわち悲しいかな日本の競馬場には、こうした心からの祝福がない。

ラチにもたれてぼんやりと見つめているうちに、ふとこんなことを考えた。

アーネスト・ヘミングウェイが競馬場に通っていたのは、生活のためではなかったのではあるまいか。

パリのアパルトマンで売れぬ小説を書き続けながら、彼は忘れてはならぬ「文化」に、触れ続けようとしたのではなかろうか。あるいは競馬場の中でくり拡げられる人生模様を、市民たちのこもごもの生活を見つめていたのではなかろうか。

競馬は文豪ヘミングウェイの若き日の神話になったが、実は彼が後に世に送り出す作品と、不可分の関係にあったのかもしれない。

だとすると――私は愚かしい日々を、スタンドで過ごしてきたことになるのだが。

もしサクラローレルが凱旋門賞に出走していたら、と考えるのは禁忌であろう。人生同様、済んでしまったレースに「イフ」はない。

「イフ」はレースが始まる前に、徹底的に思いめぐらすものである。おびただしい仮説、ありとあらゆる可能性の中から、最善のものを選択すること、それが人生の局面にせよ競馬の予想にせよ、「努力」というものの正体だと私は思う。

そしてことが終わった後には、決して「イフ」を口にしてはならない。結果が悪かったのは能力のせいでも運のせいでも、ましてや自分以外の誰のせいでもない。努力が足りなかったから、結果が悪かったのである。

少なくともこの人生観のひとつを学びとることができたのだから、私にとっての競馬は愚かしいことではなかったのだと、せめて思うことにしよう。

遥かなる凱旋門も、努力を知る者にとってはさほど遠い場所ではない。

パリの夕景を機上から望みながら、メルシー・ボクー。オ・ルヴォワ。

シャンティイの森

長い植民地経営の歴史を持つせいか、フランス人がわれわれ有色人種に向ける視線はいまだに冷ややかである。

もちろんそれはある世代から上の人々に限ってであり、ブティックなどでの応対も最上客にちがいない日本人に対してはむしろていねいなのだけれど、たとえばエレベーターに乗り合わせる一瞬、あるいはカフェの椅子で隣合わせたときなど、ふと迷惑げな顔をするフランス人は多い。

しかし、同じような繁栄の歴史を持つ他のヨーロッパ諸国ではあまり感じられないところをみると、もしかしたらこの視線は、いわゆる「フランス中華思想」のせいかもしれない、とも思う。

フランス人は、世界の中心はフランスであると信じているふうがあり、少なくとも文化については、パリこそが世界の華であると信じて疑わない。

たしかにフランスは文化国家であり、世界のオピニオン・リーダーであり、パリがすばらしい都市計画によって作られた美しい都であることに異論はないが、世界の中心だと言われると、いささか勝手な気がする。

たとえば、私的な美意識で判断させていただくと、フランス語はたしかに美しい言葉だが、北京語はさらに美しく、さらに音楽的だと思う。フランス人は美しい容姿を持っているが、こと男性に関していうのなら、どう見てもお隣のイタリア人のほうが格好いい。フランス料理はおいしいが、天恵の味をそのまま舌に運ぶ日本の料理は、思想においても理論においてもさらにハイレベルであろう。

ただし総じてフランスの文化は国民の間によく浸透しており、ひとりひとりがよくそれを理解している。フランス文化が世界一なのではなく、フランスは世界一の文化的ナショナリズムを持っているのである。

凱旋門賞観戦を前にした十月三日、パリ郊外のメゾン・ラフィット競馬場を取材した。

パリ郊外とはいっても市街地から北西にわずか十六キロ。東京ならばまだびっしりとビルの建てこんでいる距離だが、周囲はセーヌ河畔の美しい緑である。

パリ市内の交通渋滞や排ガスは東京と同様にひどい。しかし市街地を抜け出たとたんに、突如として車は物語のような深い森に吸いこまれる。まるで東京と軽井沢が隣合わせになっているようなもので、これも都市計画のうちなのだろうと思えば、日本が文化国家だなどとはおせじにも言えない。

メゾン・ラフィット競馬場は一八九一年の創設である。人気の高いトロット・レースは原則として行われず、春から初夏にかけてと、秋の九月から十一月にギャロップのレースが開催される。パリ中心部からの距離からすれば、さしずめ大井か船橋といったところであろうか。ファン層はやはりパブリックである。

セーヌ河畔の平坦地を利用しているせいで、メゾン・ラフィットのコースは極端に細長い。しかし1600メートルの直線コースを持ち、ゴールの移動によって何と2000メートルの直線レースが可能だというのだから、新潟競馬場にやっと1000メートルの直線を作ろうとしている私たち日本人は、ただただ舌を巻くばかりである。

海外での初購入の馬券が的中。これもビギナーズ・ラックというのだろうか。払戻し窓口で同行のカメラマンがグラビア用の写真を撮ろうとすると、窓口のおじさんが「アン・モマン・スィル・ヴー・プレ」――ちょっと待って下さい、と手を挙げた
撮影がまずいのかと思いきや、おじさんは笑いながら私の目の前に山のごとくフランの札束を積み上げてくれた。つまり、どうせ写真に撮るのならこのほうが面白かろう、というわけだ。

パリジャンの粋なはからいに感激したのもつかのま、次のレース中にスリに遭った。スーツのアウト・ポケットに入れておいた馬券が煙のように消えていたのである。

もっともその馬券はすべてハズレだったが。

ロンシャンの凱旋門賞を中に挟んで、もう一カ所ヴァンサンヌのトロット・レースを観戦した。

ヨーロッパの競馬といえば古代ローマの戦車競走に端を発するトロット。これを見なけれ

ば話にならぬ。

ヴァンサンヌはパリ市街の東側、つまり西側のブローニュとは反対の位置にある広大な森である。ブローニュにはギャロップ・レースのロンシャン、障害レースのオートウィユがあり、ヴァンサンヌにはトロット・レースのヴァンサンヌ競馬場がある。しかも五月から九月にかけてのヴァンサンヌはすべてナイター開催なので、この時期のパリは市内のホテルに泊まったまま昼はロンシャン、夜はヴァンサンヌと、夢のような競馬三昧の日々が過ごせるのだ。

ところで、私はさきに「ヨーロッパの競馬といえばトロット」と書いたが、正しくは「コンチネンタル・ヨーロッパの競馬はトロット」と言い直すべきだろう。競馬の総本山であるイギリスには、トロット・レースはないからである。

同じ競馬といっても、ギャロップとトロットではそもそも発祥がちがう。ギャロップ・レース、つまりわが国で「競馬」とよぶ鞍上に騎手を乗せたスピード・レースは、「狩猟」がそのルーツだろう。だとすると狩りは必ずしも平坦な草原で行われるばかりではないから、ギャロップ・レースとともに障害レースが催されることは、まこと理に叶っている。わが国では障害レースの人気が今ひとつ盛り上がらないが、競馬の始原の形としての障害レースはぜひとも復興してほしいと思う。まさかオートウィユのように、ベルエポックな雰囲気の中で一日中優雅な障害レースを開催するのは無理にしても、せっかく日本にも立派な障害コースがあるのだから、十二レースのうちの二つか三つは、ハードルの興奮を味わってみたいものだ。出走頭数が揃い、それなりにレベルがアップすれば、障害レースは平地よりも面白いはずである。

さて、一方のトロット・レースだが、これは古代ローマの戦車競走に端を発するもので、ギャロップ・レースとはそもそも出自がちがう。したがってイタリアではむしろこちらが主流、フランスでも庶民の間では熱烈な人気があり、ヴァンサンヌのナイター開催はメゾン・ラフィットのギャロップ・レースとは比較にならないほどの盛況だった。

いくつかのレースを見るうちに、なるほどと思った。トロットとギャロップは出自も違うが、面白さもまた別物なのである。

トロットは馬の能力よりもむしろ、騎手のかけひきが物を言う。道中の位置どりとかコーナーの回り方でレースの様相が変わり、観衆はそのつど声を上げて熱狂する。そのあたりの感覚はむしろ競輪に似ているといってもいい。ちなみに騎手はジョッキーとは呼ばず、ドライバーという。つまり、馬を御するのではなく、馬に牽かれた車を操縦するのである。

昼と夜とではまったく違う面白さの競馬を堪能できるパリは、まさに競馬オヤジのパラダイスだと思った。

二週間におよぶパリ滞在とはいえ、競馬場めぐりとアンギャンのカジノ、パリコレに沸き返るシャンゼリゼやサンジェルマン・デュプレでのお買い物、もちろん多少は文化人らしくルーブルやヴェルサイユをめぐれば、日程はかなり緊密になった。

そこでようやくスケジュールの最終日に、何とか時間を詰めてシャンティイ競馬場を訪れた。方角がパリ市街の北、シャルル・ド・ゴール空港と同じだったことは幸いである。

フランス・ダービー、フランス・オークスの開催地で知られるシャンティイ競馬場はパリの北四十二キロ、七千ヘクタールにおよぶ広大な森の中にあった。

ロンシャンはパリ市街に隣接しているが、こちらは郊外のリゾート地、電車を利用するとパリ・ノール駅から四十分ほどかかる。

きのこ狩りの人影がちらほらと木の間に見え隠れする深い森を走ると、目の前に鈍色《にびいろ》の空が開けた。濠に囲まれた白亜の古城のかたわらに車を止め、まるで絵葉書のような景観に溜息をつく。

古城に続く森は色づき始め、ゆるやかに起伏する芝生の彼方に、ルイ王朝期から使われている大厩舎が見えた。

厩舎とはいっても、何しろ栄華を極めたルイ太陽王の厩舎である。パリのルーブル宮を思わせる銅葺きの宮殿で、そのすべてが馬のための建物だといわれても、にわかには信じがたい。

思わず三百六十度の風景をパノラマ写真に収める。

シャンティイ城、秋色の森、大厩舎、レースコースは私の降り立った場所から地続きの芝生で、はるかな緑の彼方に優雅で小ぢんまりとしたシャンティイ競馬場のスタンドが見えた。

競馬とは本来こういうところで行われていたのだと思うと、府中や中山で毎週のように金切声を張り上げる我が身がおぞましい。

ふいに、低く垂れこめた空から雨が落ちてきた。

遮るものの何ひとつない草原のただなかでは、濡れるに任せるほかない。目に見えるほどの大粒の雨を降らせながら、低い雲は悠然と頭上を流れていく。

草原に立つ人々は、とりあえず大厩舎をめざして歩きはじめたが、誰も走ろうとはしない。走ったところで大厩舎は大きさの分だけ遠いし、撥水性の高い羊毛の文化の中で暮らしてきたヨーロッパ人は、濡れることを厭わないのである。

その点、防水のライト・コートを着ているにもかかわらずつい走り出してしまったのは、雨を怖れる日本人の習性なのだろう。羊毛は水をはじくが、絹や麻や綿入れの衣服は、濡れたらおしまい。

息せききって厩舎の軒下に駆けこんできた私を、雨宿りのフランス人たちは苦笑して迎えた。

ルイ王朝時代の大厩舎の中にはさまざまな種類の馬が繫養《けいよう》されており、手で触れることもできる。

長細い厩舎の中央部に馬の芸を披露するステージと円形の客席があり、その先は各時代の馬車と馬具の博物館になっている。

とりわけ、エルメスのロゴマークの入った古い馬具類に目を奪われた。そう、現在では世界の最高級ファッション・ブランドとなっているエルメスは、もともと王侯貴族御用達の馬具商だったのだ。

毎年六月、シャンティイ競馬場では顧客を招待して「エルメス・カップ」なるレースが行われるそうである。はたしてこの招待状をいただくためには、どのくらいのお買い物をしなければならないのだろうなどと思う。日本で私の帰りを待つ家人には、まちがっても聞かせられぬ話だ。

厩舎の前はそのままターフ・コースのバック・ストレッチである。正面に純白の、優雅このうえないスタンドが見えた。

コースの全体はロンシャンより小さいそうだが、このサイズになると人間の目からは大小の比較などできない。ここもやはり、1000メートルの直線コースを持つのである。

フランスと日本との競馬場の決定的な違いは、何と言ってもスタンドとコースのサイズの比率だろう。

シャンティイのスタンドの大きさは、それこそ日本の地方公営なみだが、そこに1000メートルの直線走路がついている。コース幅も東京競馬場よりずっと広く、しかも競馬場の外郭は、どこまでも馬が走ってよいような大自然に被われている。

早い話がこれは、競馬をレースと考えるかゲームと考えるかのちがい、あるいは社交の場とするか鉄火場に徹するかのちがいなのだろう。

これだけのコース設備にあのスタンドでは、競馬会の運営はいったいどのようになっているのだろうなどと考えるのは、要らぬ老婆心だろうか。

雨の上がったバック・ストレッチを横切って内馬場へ。

いや、内馬場などという言い方はたぶんシャンティイにはあるまい。そこは見渡す限りの、緑なす草原である。

テントが張られ、人が集まっている。はて何をしているのだろうと歩み寄ってみれば、驚くなかれ馬車の競技会だった。

よく馴致《じゅんち》された馬に雅びな馬車を引かせて、順番通りに関門を抜けるタイム・トライアル・レースであるらしい。馬車にはめいっぱいのおめかしをした二人の男女が乗っている。いったいこの人たちは日頃どういう生活をしているのだろう。どこに馬を預託し、馬車はどこに置き、そして何のためにこういう競技会に参加しているのだろうと――むろんこんな素朴な疑問も、卑しい老婆心にはちがいない。

日本の税制はまちがっている、とガイドに文句を言ったが、そういうことではありませんよ、と呆れられた。


シャンティイは中世のたたずまいを残す静かな田舎町である。

赤く色づいた蔓が石塀からあふれ落ちるレストランの中庭で、生クリームが山のように盛られたクレープを食べた。

雨上がりの空をぼんやりと眺めながら、ふと貧しさを感じた。奴隷のように働き、週末は狭苦しいウインズや競馬場の人ごみの中で、目を吊り上げて馬券を買う。行きかう金は巨額であるのに、われわれが決してそうした日常に豊かさを感じることができないのはなぜだろう。

確かにフランス人の差別的な視線は気になるが、きっと彼らには、彼らなりに正当な侮蔑の理由があるのだろうと思った。

だが——日本に帰ったら心ゆくまで鉄火馬券を買ってやる。

シャンティイからシャルル・ド・ゴール空港までは近い。

世界一の優雅

京都とはなぜか因縁が深い。

聞くところによれば、わが母親が懐妊中に仔細あって家出をし、しばらく京都にいたのだそうだ。無理がたたって流産しかかり、あわやのところで母子ともに一命を取り止めた。去ること四十六年前の出来事で、そのときあわや水子になりかかったのが現在の私である。もともと私の家は、「多摩川を渡れば一人の血縁もない」という面白くもおかしくもないことを妙な矜《ほこ》りにしていた。何があったのかは知らぬが、京都で子供を産み育てようとしたのは、そんな旧家の嫁の華やかな抵抗だったのだろう。

以来、中学の修学旅行まで縁はなく、その後も訪れる機会はなかったのだが、二十代のなかばごろから足繁く京都に通うことになった。

当時私の経営していた会社が順調に販路を拡げ、関西に進出することになったのである。大阪、京都、神戸の大手百貨店とほぼ同時に取引を開始したのだが、売上は京都が群を抜いていたので、自然に関西での拠点となった。

アパレル業界では常識として、大阪は低価格の量販、神戸は流行の商品、京都は高品質高価格のものがよい、とされている。つまり利幅のある高級品を扱っていた私の会社は、京都の客風にマッチしていたのである。

こうしたわけで、それから数年の間、私は一年のうちの何分の一かを京都のホテルで暮らすことになった。

ご存じの通り、京都の気候は盆地のせいで夏は蒸し暑く、冬の寒さは厳しい。四季が截然《せつぜん》としているから、自然のうつろいは美しく、人々の生活にはめりはりがあり、祭りやならわしも趣き深い。すなわち、京都の本当の魅力は、通年を暮らしてみなければわからないのである。

その数年の間に私は京都の美しさの虜《とりこ》となった。

商売はやがて不景気風にあおられて縮小され、関西からも撤退を余儀なくされたが、その後も私はまるで故郷に帰るように、しばしば京都を訪れた。

遅ればせながら小説家になって、いつか京都を舞台にした作品を書こうと思いつつ、なかなか機会に恵まれなかった。

ようやく実現したのは平成八年の春から「小説推理」に連載された『活動寫眞《かつどうしやしん》の女』という恋愛小説で、この作品は昨年（一九九七年）の七月に双葉社から上梓された（現・集英社文庫収録）。

九カ月の連載中、私はこの原稿のすべてを京都で執筆した。

私と京都との浅からぬ因縁とは、あらましこうしたものである。

ではその間、競馬との関りはどうだったかというと、何度か京都競馬場や祇園の場外に足を運んだことはあるが、毎週馬券を買い続けていた記憶はない。おそらく府中や中山に通うために、週末の出張はなるべく避けていたのだろう。少くとも私が二十代のころには、関東と関西の競馬は現在のように混在していなかったから、用心深い私は関西の競馬に熱中することがなかったのである。

そのようにかつては他国の競馬であった東西も、今はすっかり一元化されてしまった観がある。騎手も馬も忙しく全国の競馬場を駆け回っているのだから、ファンはいつ、どこの競馬場に行っても同じ興奮を味わうことができる。むろんその楽しみの分だけ、競馬の予想は難しくなったのだが。

馬も騎手も忙しいが、私だって昔よりずっと忙しいのである。広島と熊本で講演、大阪と神戸でサイン会、一週間に及ぶロードの最終日に、「優駿」の取材と称して京都競馬場に立ち寄った。

長旅の大荷物を京都駅のコイン・ロッカーに入れ、近鉄に乗る。丹波橋で京阪に乗り換え、淀まではわずか二十分。やはりどう考えても、競馬場までのアクセスは東京が一番悪いとしみじみ思う。

しかも淀は京都と大阪のほぼ中間点で、まことうまい場所に競馬場を作ったものである。思うに関西の競馬熱は、このロケーションの良さに拠るところが大きいのではあるまいか。

たとえば関東の場合、大都市横浜のファンはあまりに両競馬場から遠すぎる。あの長大な距離は若い人にとっては電車賃が馬鹿にならんだろうし、オヤジたちが毎週通えば休日がまるまるつぶれて家庭争議を招き、お年寄りにとっては苦痛も甚だしい。いずれにせよ横浜に住みながら競馬場に通い続けるファンは相当のツワモノである。かくて横浜ウインズは今も昔も日本一の大混雑となる。

ところで、この「まことうまい場所」である淀に競馬場が作られたのは大正末期のことで、京都競馬会創設当初は何と洛中島原にあったのだそうだ。

もし今もそこで開催されていたとしたら、さしずめパリにおけるロンシャンのようなものになり得ただろうな、などと想像をした。そういえば東京もその昔は目黒に競馬場があったそうで、どうやら日本は競馬を正統の文化として認知しようとはしなかったようである。なるべく周辺住民の迷惑にならぬように、なるべく公序良俗に反しないように、と頭の堅い役人が考えた結果、東京競馬場ははるかな府中に移転し、根岸競馬場は閉鎖され、ともに重賞レースにその名をとどめるばかりになった。

それにつけても、京都競馬場はまことうまい場所に引っ越したものである。

さて、過去の因縁により京都通を自負する東京人の私がお勧めする、京都競馬場観戦旅行のモデル・ケースをご紹介しよう。

まず、てっとり早く京都駅近辺のホテルに宿を取ろうと考えるのは愚の骨頂。こんなことを言うと観光協会に叱られるかもしれぬが、駅前の再開発で京都駅の周辺は、すっかり京都らしさを失ってしまった。

むしろ競馬観戦の前後に、必勝祈願もしくは自戒のための寺社詣でを組み入れ、なおかつ古都の旅情を堪能しようとするならば、泊まりは東山界隈の和風旅館がお勧め。名所めぐりには足回りが良く、グルメ探訪にも最適、何よりも淀競馬場まで乗り換えなしの一直線である。

京阪に乗ることわずか二十分、宇治川と桂川に囲まれた風光明媚な車窓に、競馬場のスタンドが見えてくる。

開催中は急行が臨時停車。駅前はいかにも「競馬場前」というたたずまいで、定食屋が軒を並べ、新聞売りのおばさんが声を張り上げ、否が応でも胸が高鳴る。われらオールド・ファンには、どうしてもこの雰囲気のインターバルが必要なのだ。

しかし――もし私の思い過ごしでなければ、京都競馬場のお客はオヤジが少い。若者の数が明らかにオヤジを圧倒している。しかもその若者たちが、関東のようにうっとうしいミーハー集団には見えない。どことなく由緒正しきオヤジ予備軍のように見受けられるのである。

このあたりは同じ若者とはいえ、現実的実利的な関西人の気性なのだろうか。競馬場に続く小道で耳にする彼らの会話には、上っ面ばかりのロマンチシズムは感じられず、知ったかぶりもない。黄色い歓声を上げて競馬新聞を打ち振るばかりではなく、彼らはかつての私のように、生活を賭けて馬券を買っているにちがいない。親御さんには何ともお気の毒というほかはないが、頼もしい感じはする。

若者ばかりではなく、京都競馬場のファンは全体的に垢抜けている。いわば、「ビジターが少い」という感じがする。若者たちがすくすくと育つのも、きっとこのプロッぽい環境のせいなのだろう。

関西は競馬のレベルも高いが、ファンのレベルも高い、と私は見た。ということはおそらく、売上もこちらの方が上であろう。

入場門をくぐったとき、おや、と思った。ふしぎな既視感覚は、かつて何度か訪れた記憶のせいではない。そうだ、どこかで見たような気がすると思ったのは、この競馬場のレイアウトは十月に行ったロンシャンに似ている。

白亜のスタンドを取り巻く植栽はよく手入れされており、国内の他場で感じられるような無機質さがない。しっとりと上品で優雅、これはヨーロッパの競馬場の雰囲気だ。

メイン・スタンドは二棟に分かれている。四コーナー寄りの旧スタンドがオープン・エアで、平成六年のグレード・アップ工事により全面ガラス張りとなった新館が、ホーム・ストレッチにそそり立つ。

新旧のスタンドが切り分けられたように建つ姿はさして不自然ではなく、むしろ観戦するにあたってイン・ドアとオープン・エアの指定席を選択できるのはよい。ガラス越しの競馬になじめぬファンはけっこう多いのである。かくいう私もその一人で、たぶんこの競馬場に通いつめたなら、オープン・エアの旧館B指定席を根城にするだろう。

エスカレーターで新館の指定席に上がって驚いた。

やはり優雅で上品。ともかく府中や中山に比べると、人口密度が少い。ということは、関東の指定席ファンにはまことに信じられないことだが、レストランで食券を買うための列に並ぶ必要がなく、便意を催してもトイレに並ぶことがなく、いわんや窓口でイライラと順番を待つこともない。ベンチに新聞を置いて独占しようなどという不届き者がいないので、どこにでも座れるのである。

こんなふうに書くと、府中や中山の指定席事情を知らぬ関西ファンは、何のことやらようわからんというだろうが、要するに東の指定席とはそういうものなのだ。

ことに東京競馬場の場合、指定席とはいえなぜか定員の倍ぐらいの人間がウロウロ歩き回っている（ような感じがする）。すなわち優雅さもステータスもなく、いわば「多少はすいている一般席」なのである。

関西の競馬場を訪れて、わがホーム・グラウンドの至らなさに気付くのは、何だか他人の家で初めてわが女房の愚かしさを知るようで情けない気もするが、怒りに任せてさらに苦言を呈する。

府中にしろ中山にしろ、一番高い金を払う指定席から、肝心のパドックが満足に見られないというのはどうしたことであろうか。これはさきに述べた「ふしぎな混雑」に並ぶ大矛盾である。

府中のS指定席ペア・シートは、パドックからはるか離れた場所にあり、毎度往復することは馬でも不可能。大金を投ずる旦那衆がテレビでパドックを見なければならないのである。オールド・ファンの間で、府中のS指定席が「シロウト席」と呼ばれているのを、JRAは知っているだろうか。

一方の中山競馬場のパドックは、狭い井戸の底にあるので、アッパー・フロアになればなるほど周回する馬の背中ばかり見ることになる。したがってパドック党の私は、毎レースごとに階段を駆け下り、一般席の人垣から馬を見、また駆け上がって馬券を買う。四半世紀も競馬場に通い、いまだに朝も早よから指定席に行列して高価な席料を支払っている俺が、なにゆえこんなことをさせられるのだといつも思うのである。

その点、京都競馬場の名物である円形パドックは、新館の指定席エリアから正確に完全に見ることができる。

時計の文字盤のようにまんまるのパドックは、テレビで見ると違和感があるが、実際にはとても見やすい。阪神競馬場と同様に、向こう正面が白いタイル張りであることもパドック党にとっては有難い。馬体の線が、ちょうど白い紙の上に切り貼られたようにくっきりと見えるのである。

コースのダイナミズムという点では、ヨーロッパの競馬場とは比較にならないが、優雅さ上品さというソフトについていうなら、京都は唯一、外国人に胸を張って見せることのできる競馬場だろう。

美しい日本の古都を背景にして、ジャパンカップの覇をきそうのは、淀の２４００メートル外回りコースがふさわしかったのではなかろうか、と思った。

京阪電車でたそがれの京の町に戻り、何日かゆっくりと東山の紅葉でも味わいたいところだが、そうもいかぬ。

一週間のロードの最終日に、思い出深い京の町を訪れ、思いがけない散財をして「のぞみ」に乗れば、東京駅のホームには週刊誌のスタッフが待ち受けている。車中で対談相手のプロフィールをセッセと暗記しなければならない。

明治四十年の開設以来、伝統を誇る京都淀競馬場では、年間五つのGⅠレースが行われる。春の天皇賞、秋華賞、菊花賞、エリザベス女王杯、マイルチャンピオンシップ。

いずれのレースも、それぞれのファクターにおいて実力ナンバーワンを決定する、真のGⅠレースである。

来年は少し仕事をへらして、この五大レースをすべて見にこよう。東山あたりの隠れ宿をとって、しっとりと日本の競馬にひたる。もしかしたらそれは、世界で一番優雅で上品な競馬の楽しみ方かもしれない。

夕暮れの車窓に京の町が去って行く。

どうやら因縁は、まだ切れそうにない。

賽馬の街。香港

かれこれ三十年近くも、うまずたゆまず続けてきた競馬場通いを、昨年は何と半分も欠席してしまった。

つまりそれくらい多忙をきわめていたのだが、他に道楽は皆無といえる私にとって、いかなる理由があるにせよ異常な一年だった。ともかく——天皇賞と直木賞のちがいくらいはわかっていたということだ。

しかし、競馬の神様はそんな私を憐れんで、プレゼントを二度も下さった。十月の凱旋門賞、そして十二月の「第十一回香港国際競走」の観戦である。

ともにアゴアシつきの取材旅行なのだから、まさにプレゼントである。もっとも、仕事という大義名分がなければ、わざわざ出かける余裕などあるはずはないのだから、アゴアシよりも何よりも、神様は私に「時間」をプレゼントしてくれたのだろう。

香港国際競走は三つの国際GⅡレースを一度にやってしまうという、ブリーダーズ・カップばりの大盤ぶるまいだった。

まず第四レースの香港国際ヴァーズ（芝２４００メートル）にエイシンサンサンが出走。第六レースの香港国際カップ（芝１８００メートル）にサイレンススズカ。第八レースの香港国際ボウル（芝1400メートル）にはシンコウキング。

ともに本邦のナンバーワン・ジョッキー武豊騎乗で、JRAも香港の意気に感じての大盤ぶるまいといったところである。結果はともかく、JRAのこの粋なはからいにはアッパレと拍手を贈りたい。


さて、ご存じの通り香港は一九九七年七月、長い植民地統治を離れてめでたく中国に復帰した。

なにしろ資本主義経済の要衝であり、自由都市の標本のような香港が、自由化路線を進みつつあるとはいえ歴然たる共産主義国に返還されるのだから大ごとである。

ことに、中国ではかねてよりギャンブルを、麻薬と売春に並ぶ三大悪と決めているのだから、いったい隆盛をきわめる香港競馬はどうなってしまうのだろうと気を揉んでいた。

ところが、一国二制度の徹底ぶりといったらたいしたもので、私が訪れた香港はかつてとどこも変わってはいなかった。それどころか昨年も馬券の売上は順調に伸び、一日の平均売上高は約十億香港ドル。あの狭い地域で日本のJRAとほぼ同じ水準を保っているのだから、驚異というほかはない。

イギリス人は植民地を開くにあたり、まず競馬場とゴルフコースを造ってから本格的な統治を始めたといわれる。

ハッピーバレー競馬場での競馬初開催は一八四六年であるから、香港の植民地史を考えてみれば、あながち比喩ではなさそうだ。イギリスが香港を領有するに至ったのは、一八四〇年から四二年にかけてのアヘン戦争の結果なのである。今さらイギリスの無法な侵略政策を非難しても始まらぬが、ともかくイギリス人は香港島で唯一の平坦地と言ってもいいハッピーバレーの湿原を埋め立てて、まっさきに競馬場を造成したのだろう。

現在このハッピーバレー競馬場はデラックスな設備を整え、主として水曜日にナイター競馬を開催している。

一方、国際競走の行われるシャティン競馬場の歴史は案外と新しい。一九七八年、中国大陸側のトーロー湾から九龍《クーロン》半島に深く入りこむシャティン海を大がかりに埋め立て、この競馬場はでき上がった。こちらの開催日は基本的に土曜か日曜のどちらか一日である。

水曜日の夜が香港島のハッピーバレー、土曜か日曜の昼間が九龍のシャティンという開催は、狭い土地に大勢の忙しい人々が暮らす香港では最適の方法だろう。

香港人は世界一商売熱心である。競馬はスポーツでも社交でもなく、彼らにとっての商売であるということを、かの競馬会はよく認識している。だから売上を上げるためにはどのようなサービスをすれば良いかを真剣に考え、正確に実現している。両競馬場の開催日程ひとつを例にとっても、ファンの生活を知悉《ちしつ》した上での結論で、香港競馬の驚異的な売上は徹底的なファン・サービスによって成り立っているのである。

決して巷間言われているところの「中国人のギャンブル好き」という理由だけではない。

競馬会のみならず、香港人の商売は何につけてもまことに垢抜けている。商売のセンスがいいというか、熱心なうえに洗練されているのである。だから観光客はついつい予算外の出費をしてしまうのだが、香港での飲食や買い物にはふしぎと浪費感覚がない。納得してしまうのである。

支払った代価について、いかに納得させるか。商売のセンスとはつまるところこれである。まず、おのおのの客の嗜好を満たすだけの、豊富でクオリティの高い商品があるかどうか。次に、その商品に対する販売者側の利益が適正であるかどうか。そして、客がみな気分よく消費活動をできるだけの店構えとサービスとがなされているかどうか。

おおむねこの三点を備えていれば、客は大きな出費をしつつも満足し、店はそれに応じた利益を上げることができるのである。

要するに、香港の商売人の熱心さとセンスのよさは、そのまま香港競馬の隆盛に結びついていることになる。競馬観戦の前後に何日かの香港観光をすれば、誰でもナルホド、と肯くだろう。

では、香港人のこうした商売感覚のすばらしさが中国人ならではのものかというと、決してそうではない。中国人の商売上手は、香港人に代表される華僑固有のもので、私の見た限りの一般的な中国人は、単純な拝金主義者が断然に多い。

ことに中国本土では、金こそ正義、豊かさこそ幸福、金持ちは偉い、という金銭に対する考えかたが支配的で、すなわち北京でも上海でも商売のセンスにはまったく欠けている。長い封建制度の結果、富める者は偉いという一種のモラルができ上がってしまったのであろう。

百五十年に及ぶ植民地統治下で、イギリスが中国にもたらした福音が何かといえば、私はこの封建思想からの解放こそが第一の功績だろうと思う。

中国人はおしなべて聡明で、わかりやすく言うなら他の民族に比べてかなり知能指数が高い。頭の切れかたがシャープなのである。だから、ひとたび香港という封建思想からも共産主義からも隔たった土地を与えられた一部の中国人は、またたく間にあのような繁栄を築き上げた。金とは何か、豊かさとは何か、商売とは何かということを、彼らは世界中の誰よりもよく知っている。

香港という劣悪な地理的条件も、実は明らかにその繁栄に貢献した。

領有当時のイギリスは、まさか百五十年後の香港がこんな繁栄を見るとは想像だにしなかったはずである。

港はおびただしい島々に囲まれて、決して天然の良港とは呼びがたい。険しい岩山がそそり立って、平地が少ない。かつてそこは、「香港」の名の通り、白檀や沈香などの香木を北に向けて積み出す、小さな港町だった。

おそらくイギリスがこの地に目をつけたのは、対岸のマカオを領有したポルトガルの東洋進出を、軍事的に牽制する意味だったのだろう。もし貿易という平和的な理由であったなら、天然の良港は沿海にいくらでもある。

この劣悪な地理的条件のもとで、聡明な中国人たちは豊かさを求めた。その結果まさに人知の芸術とでもいうべき、ひとかけらの土地も無駄にしないような都市が営まれたのである。そうした努力のほどは彼らの商売によく反映され、とりわけ彼らの愛する香港競馬に集約されている。

香港競馬に行けば、香港のすべてがわかる。

シャティン競馬場は九龍の繁華街から地下鉄を利用して十五分ほどである。駅前が競馬場、しかも駅の名が「馬場」と、このうえなくわかりやすい。

スタンドは新旧あわせて優に二百メートルを超す八階建て、収容人員は七万五千人というから、国際規格からしても最上位にランクされるだろう。

一般入場料は十香港ドル（約百五十円）。ただし、次がすぐれもの。旅行者に限り、パスポート提示と別料金五十ドルで会員席エリアに入ることができるのだ。限定された競馬人口という宿命さえも克服しようとする商売の熱心さには、ほとほと頭が下がる。

エレベーターで昇ったこの「旅行者エリア」には、塵ひとつ落ちておらず、空気は清浄で、しかも豪華料理がビュッフェで食べ放題、笑みを絶やさぬボーイとウェイトレスが英語で接待してくれる。まさに下にも置かぬ歓待ぶりで、ここまでされれば有り金をはたいても文句は言えないという気分になった。

しかし何と言っても、はるばる海を越えてやってくるギャンブラーたちにとっての最大のサービスは、驚天動地の馬券システムであろう。まさに人知の限りをつくしたとしか言いようのない香港馬券の数々を、ざっと紹介しておく。

・単勝（ウイン）
・複勝（プレイス）
・連複（キネラ）
ここまでは日本と同じ。ただし控除率は17・5パーセントなので、「つける」という実感がある。
・二重勝（ダブル＝連続二レースを単勝で当てる）
・三連単（ティアス＝一着から三着までを着順通りに当てる）
・三重連複（トリプル・トリオ＝あらかじめ指定された三つのレースの一着から三着までを着順不問で当てる）
・三重勝（トリプル＝指定された三つのレースの単勝を当てる）
・二重三連複（ダブル・トリオ＝指定された二つのレースの一着から三着までを着順不問で当てる）
・六重勝（シックス・アップ＝六つのレースで、選んだ馬がすべて一着か二着に入れば的中）

ざっとこれだけでも、たった三種類の馬券しか知らぬ日本のファンにはわけがわからないが、香港競馬の醍醐味はこの先にある。

「オールアップ」と称する転がし馬券である。

種類は単勝、複勝、連複に限られるが、最大六レースまで、的中した配当金を転がし続けることができるという、究極の恐怖馬券である。

いくつのレースを転がすかは、あらかじめ選択しておかなければならないので、最大六レースを転がすと決めたら最後、途中で配当が何億円にふくらんでいようが、勝負を下りることはできない。

このオールアップ馬券には食指をそそられたが、難易度もさることながら、もし万がいち五レースまで的中し、配当金数億円を無理無体に次のレースに放りこまれるときのわが身を想像して、やめた。想像の中の私はそのとき窓口にかじりつき、「やめてくれエ！　おりる、おろしてくれ！」と絶叫したのである。

現実にそういうファンを見ることはなかったから、この「六連勝オールアップ」という夢の馬券は、まず的中者がいないのだろう。

残念ながらオールアップでの配当金についての資料は手に入らなかったが、かつて二重三連複馬券の払戻しでは、一九八九年三月に３２５万１１５７・５倍という記録が残されている。

こんな具合だから、香港には「万馬券」などというちっぽけな概念はない。

問題は、こうした複雑な馬券をいったいどのように買うかということである。聡明なる中国人は、この複雑怪奇な馬券をたった四種類のマークシートですべて購入できるように工夫した。うまくできすぎていて、ふしぎな感じさえする。ただし、当然のことながら買い目が多くなるので、「ながし・ボックス組み合わせ早見表」なるものが場内で配布されている。マークシートの記入方法とともに日本語版も用意されているから、さほどとまどうことはない。

競馬新聞は英語と漢字。どちらを選ぶかは現代の日本人にとっては微妙なところだろう。むろん本来の馬名は横文字なのだが、中国語にはわが国のカタカナのように便利なものがないので、すべて漢字を当てている。いったい誰が考えるのか、この翻訳者は天才である。

第四レースの香港国際ヴァーズに出走した「榮進珊珊《エイシンサンサン》」は逃げ潰れて十二着に終わった。

第六レースの香港国際カップで、「無聲鈴鹿《サイレンススズカ》」は五着。

第八レースの香港国際ボウルでは、「新光王《シンコウキング》」が三着に善戦。

ちなみに第四レースの勝ち馬はイギリスの「牢騷《ルソー》」。第六レースはアメリカの「威太子《ヴァルズプリンス》」。そして第八レースのウイナーはオーストラリアから参戦した「加泰隆尼《カタランオープニング》」である。

私は第四レースの①―③―⑭というトリプル馬券を的中させたのだが、435・2倍という快挙にもかかわらず、最後にはオケラになった。つまり香港の競馬では一日の途中でその程度の馬券を取っても、まったく安心できないのである。ということは、一攫千金の可能性は最終レースまであり、まこと「下駄をはくまで」わからない。

たしかに負けた。だが、妙に納得してしまった。シャティン競馬場は私の支払った馬券代金にふさわしい興奮を、たしかに与えてくれたのである。

香港の競馬はセンスがいいと、しみじみ思った。

競馬は主催者にとって商売である。その本音を、いたずらにギャンブル色を薄めるイメージアップ戦略で糊塗しようとすれば、ファンとの間の矛盾は深まる。

少なくとも聡明な香港人は、町角の物売りも競馬会も、誇らしく、堂々と商売をしていた。

だから香港競馬は面白い。

指定席の復権！

正月を挟んだ中山開催が終わって、わがホーム・グラウンド府中にサラブレッドたちが帰ってきた。

何がいいと言ったって、この一回東京開催はスタンドがすいているのがいい。朝も早よから指定席の長蛇の列に並ばなくてすむというだけでも、体の節ぶしが痛み始めたわれらオールド・ファンにとっては福音なのである。

それにしても、季節によって客の入りがちがうというのは、どうしたわけなのであろうか。相も変わらぬ出走ラッシュで、レースの興味は尽きない。むろん冬場のダート戦がつまらぬはずはない。格別に仕事が忙しいわけはなく、出費がかさむ季節でもなかろう。

暮と正月の中山開催でしこたま負けたファンたちが、「場がえ」をしおに反省をした、という解釈もなりたつが、わが身を省ればこの説もあまり説得力がない。

ということは、考えられる結論はただひとつ、「寒さ」である。

たしかに二月の府中は寒い。他の競馬場はみなリニューアルをして、冷暖房完備の温室のごとき指定席を持つに至ったが、ＪＲＡのフラッグ・シップたるわが東京競馬場だけは旧態依然たるオープン・エア。コースからパドックへと凩《こがらし》が突き抜ける。

ほかに思い当たる理由は何もないのだから、やはり正解はこの「寒さ」なのだろう。もっとも、雨が降ろうが槍が降ろうが競馬場に通う私からすれば、寒いという理由だけで家に引きこもる人間の気持は皆目わからないのだが。

一方、近ごろでは春秋ハイシーズンの指定席の混雑ぶりはひどい。重賞レースのある日など、朝の八時に早くも満員札止めと言われたって、体力の有り余っている若者ならいざ知らず、われらオヤジが平日の出勤時刻より早く競馬に出かけるのはつらい。むろん、家族の手前というハンディ・キャップも背負っている。

かくて憧れの中山ゴンドラ席などは、場ちがいな若者たちに占拠されてしまう結果となる。デラックスなホテルのロビーもかくやはと思われるあのゴンドラが、どう見たって半数は学生か未成年としか思えぬ若者どもに占領されているさまを、主催者はおかしいとは思わぬのであろうか。

世界中どこの競馬場に行ったって、スタンド最上階のゴンドラはV・I・Pのための席である。V・I・Pとはつまり、Very・Important・Persons なのであって、まさかこれがジーンズをはいた二十歳かそこいらの男女であろうはずはない。今や指定席は決して競馬通の特別な観覧席などではなく、「お早い者勝ちの席」になり下がってしまった。

私がかつて若者であったころ、府中の四階特別指定席といえば、明らかに貴顕の趣きがあった。タクシーの初乗り運賃が百円か百五十円だったころに、今とたいして変わらない指定席料を取っていたのだから、これは当然の貴顕専用、ということになる。競馬がそれだけ大衆化したのだ、といわれればそれまでだが、一生けんめいに働いてお金を貯め、それなりの地位も役職も得たのに憧れの貴顕になりそこねたオヤジどもの失意は計り知れない。

かつて「二百円しばり」であった馬券が、なぜか時代に逆行して「百円単位」になり下がっちまったのである。納得はできないが、百歩譲ってそれはよしとしよう。しかしなにゆえ憧れの指定席だけが大した値上がりもせず、貴顕とはほど遠い若者らに占拠されているのだろう。

はっきり言って、競馬場が公平平等でなければならぬ理由など、何もないのである。

そこでふと考えた。

競馬は伝統文化であり、元来は貴顕社会の娯楽なのだから、せめて指定席ぐらいは上品に、貴族的にあってほしい。いや、そうでなくてはならぬ。では、いったいどのようにすれば指定席の復権はなしうるのか。

①年齢制限をする。

ううむ。一番理屈に合っているが、チト無理があるか。指定席券売場で身分証明書を出せといわれてもなあ。

②ネクタイ・ジャケット着用を義務づける。
これはなかなか名案。本来馬券を買う資格のなかった学生が、てっとり早く放逐される。だがしかし、毎週末にネクタイを締めて競馬場に通うなんて、オヤジだっていやだ。
③指定席代を値上げする。
やはりこれしかあるまい。さきに述べた通り、私の記憶によればタクシーの初乗り運賃が百円か百五十円のころ、東京競馬場の特別指定席（現在のA・B・C指定の四階部分）は、たしかその十倍くらいしたはずである。ということは、世間並の物価値上がりの通りに料金を設定すると、
C指定席（現行千五百円）↓六千五百円
B指定席（現行千八百円）↓八千円
A指定席（現行二千三百円）↓一万円
S指定席（現行三千五百円）↓一万五千円
これでどうだ！
かくて指定席の復権はなり、JRAの国際的ステータスは維持され、悪名高き利権食堂は高価でも美味な食事を供さねばならず、若者たちは群衆の中で苦闘しつつ馬券道に精進するという、本来の姿を取り戻す。
ついでに、この復権なった指定席ではこちらもかつての馬券単価と同様のインパクトを持

った「しばり馬券」を発売すればよろしい。ユニット化以前の馬券は、二百円券、五百円券、千円券の三種類であった。すなわちユニットの発売単位を「最低二千円」とするのはどうだ。

かくて指定席の復権は完全になされる。

一万円の指定席に座り、「二千円しばり」の馬券を買って競馬を楽しむ根性ある若者など、まさかいるはずはない。

だが待てよ——今から四半世紀前、私はそのまさかの一人だった。

日本の文化形態の特徴は、文化を惜しげなく破壊し続けるところにある。

古い神社仏閣がよく保存されているのは、それらが宗教団体の建物として現在も機能しているからで、実は文化財としての尊敬を集めているからではない。

たとえば京都の変容を見てもわかる通り、宗教的もしくは観光的価値（すなわち経済的価値）のあるものは点として保存されているが、そうではないものはみな惜しげもなく破壊され、都市機能の中に埋没してしまう。ヨーロッパの都市に見られるような、総合的な都市の保存など、実は誰も考えてはいないのである。

競馬の変遷も、こうした日本的な文化観の上になされてきたのであろう。つまり、いったん「競馬の大衆化」という新たなテーマを発見すると、何から何まで、徹底的に惜しげなく破壊し、テーマに則したものに変えようとする。かつての格調高い「特観席」も、大衆化のために犠牲となったわけだ。

しかし一方では「競馬の国際化」という大テーマも掲げられており、そのテーマに則して超デラックスなスタンドを建設する。この際、まさか伝統文化を破壊してまで大衆化を計ろうなどとは思ってもいない欧米の競馬場に伍する設備を希求するとなれば、中山の最上階ゴンドラのような代物が必要となる。

その結果、早起きさえすればカラオケルームより安い値段で一日を楽しめる「競馬場のゴンドラ」というデート・スポットに、若者たちは殺到するのである。

はたして誰が得をしているのだろう。

優雅な競馬を夢に見つつ、一生けんめいに働いてきたオヤジはまちがいなく割を食った。若者たちは得をしているのかというと、実はそうとも言い切れない。競馬とは雑踏の中で金銭を奪い合うサバイバル・ゲームだということを、彼らは知らない。若いころの競馬の悦楽とは、それに尽きるのである。

では当の競馬会が現状で利益を得ているのかというと、これは明らかにちがう。なぜなら、徹底した大衆化路線のために競馬場から去って行った非大衆、すなわち「金持ち」はことのほか多いからである。競馬人口が激増しているわりには売上げが伸び悩んでいる理由は「客単価」が低下したからで、これはかつての売上げを支えていた一部の「非大衆」がスタンドからいなくなったからにほかならない。

その証拠に――かつて現在の物価に換算して「一万円」の指定席は、ぎっしりと埋まっていた。

さりとて、いったん破壊されてしまった文化の形を復活させることは並大抵ではない。人間は提示された環境に順応してしまうからである。

ある日突然、府中のA指定席が二千三百円から一万円に値上げされたとしたら、おそらく非難ごうごう、当座は誰も利用しようとはしないだろう。

私だっていやだ。だが現状のまま、セガレのような若者と一緒に行列をするのはもっといやだ。

さて、どうする。

競馬は気儘に

競馬は勝手気儘にやるのが正しい。

まちがいなく正しい。

週末の朝、小鳥のさえずりとともに目覚め、さて今日は何をするべい、そうだ競馬にでも行くか、などと考える。ジーンズにスニーカーをはいて、駅の売店で競馬新聞を買い、勝っても負けても恨みっこなしだぜ、と自分に言いきかせつつ京王線に揺られるうち、心は次第に浮世ばなれして行く。

こうした気分で臨む競馬場は、まさに男のワンダー・ワールドである。むろん、勝っても負けても恨みっこなしというのはお題目で、勝てば相応に嬉しく、負ければ憂鬱な気分にはなるが、誰はばかることもない勝負ならばさほどストレスは溜まらない。

ではわが身を顧て、いったいこんな気分で競馬をやっていたことがあっただろうかと考えると、どうも覚え始めの数年間だけだったような気がする。

十七、八歳のころだから金はなかった。ということはつまり、競馬本来の優雅な楽しみというものは、経済的事情とはあまり関係がないのである。

まず、分不相応な欲が出てくる。競馬で稼いで楽をしようとか、学費をひねり出そうとか、何かを買おうとか――こういう目的意識が心に生じたあたりから、競馬は気儘な遊びではなくなる。

そもそも私が馬券なるものを初めて手にしたのは昭和四十四年のダービーである。一番人気のタカツバキが落馬して一カ月分のアルバイト代が雲散霧消するという、「ビギナーズ・アンラック」から私の競馬人生は始まった。

数カ月間は気儘な競馬を楽しんだと思う。むろん年齢からすれば立派な競馬法違反、しかも高校生だったのだから、気儘でなければおかしい。しかし翌る年に受験浪人するやいなや、馬券はのっぴきならぬものになった。

アルバイトをしながら受験勉強をするよりも、週末に稼いで平日はじっくり学問にいそしもう、などと考えた。思いついたとたんにバイトをやめちまったのだから、性格は悪い。しかも、それからはものすごく熱心に競馬研究にいそしみ、週末どころか平日までもそっくり予想に費やしちまったのだから、なお悪い。

四十五年のカブトヤマ記念だったと記憶するが、スイノオーザートレンタムという6―6のゾロ目に勝負をした。特券を三十枚、つまり三万円を買って的中。配当は千六百円ちょうどで、四十八万円を手にした。

書いてしまえば簡単だが、これは現代の話ではない。千円券が「特券」と呼ばれて崇め奉られていた昭和四十五年の話なのである。要するに私はこのころすでに、気儘な競馬などとはほど遠い鉄火バクチを打っていたことになる。

その当時、いやもしかしたらその年に限ってかもしれないが、カブトヤマ記念は府中で行われた。ドロドロの重馬場を、緑色の帽子が二つ並んで飛んできた光景は、今もありありと記憶している。

そういえばこんなこともあった。

昭和五十年には牡馬のカブラヤオー、牝馬のテスコガビーという不世出の名馬が登場し、私はこの二頭の単勝を買い続けてけっこうな金持になった。

ところがあろうことかこの二頭が東京四歳ステークスで顔を合わせてしまったのである。ちなみにこのレースは現在の共同通信杯にあたる。

迷った。徹夜で考えた。なにしろこの二頭については、ダービーとオークスまで単勝を転がし続け、大金持になってやろうと心に決めていたのである。

さて、この際どっちを買うか。悩むのなら連勝馬券を買えばよさそうなものだが、いったい何を考えていたものやら意地でも単勝にこだわった。かえすがえすも悪い性格である。で、結局はパドックの気配を見て、大枚十万円をテスコガビーへ。マッチレースは運命のクビ差で、私は世界一不幸な人間になった。

競馬は勝手気儘にやるのが正しいと、私がはっきり悟ったのは、たぶんこの日の帰り途だったのではなかろうか。

さて、そうこうするうちに、こんな私でも人並みに結婚をする。子供もできる。親は病む。

当然のごとく週末の競馬は気儘どころか生活がかかる。

妻を娶るにあたっては、容姿容貌、家事能力、性格才能はさておき、決してゆるがせにできぬ二つの要件があった。一つは売れぬ小説を書き続けることについて文句を言わぬこと。もう一つは競馬を糧道と心得ること。

かくて私は以後四半世紀、誰はばかることなく小説を書き続け、馬券を買い続けた。

私自身の名誉のために言っておくが、私はこの間、ヒモ的存在であったわけではなく、小説と競馬のために家庭不和を招いたことも、家計に負担をかけたこともない。しかしこの生活はしんどい。女房をたばかりながら、あるいは定められた小遣の中で、馬券を買い続けることもたしかに辛かろうが、たぶん私の辛さはその比ではないと思う。

なにしろわが家の場合、家計の収支はすべて私の責務なのである。妻はいったい家にいくらの金があるのか、いくらの借金があるのかも知らない。四半世紀の間ずっと、亭主を指定席に送りこむために、土曜日は午前八時、日曜日は午前七時に叩き起こすのである。「あなた、時間よ。遅刻するわよ」と。

昨年の暮れに、初めて妻を競馬場に連れて行った。香港のシャティン競馬場で行われた国際レースである。

亭主が格闘し続けてきた競馬を、はたして彼女がどのような気持ちで観戦したのかは知らない。感想を聞く勇気はなかった。

競馬は勝手気儘にやるのが正しい。

まちがいなく正しい。

テスコガビーが負けたあの日、京王線の車中で悟ったことは永遠に実現できないのだろうか。

平日は昼夜をわかたず、書斎の座椅子で寝起きをして原稿を書いているのだから、週末ぐらいは勝手気儘な競馬を楽しんでもよかろうと思う。誰にもとがめられるわけではなし、生活をかけてストイックな馬券を買う必要もない。もしかしたら、いつか気儘な競馬をやりたいがために、夜もろくろく寝ずに働き続けてきたのだとも思える。

しかし、重大な過誤を冒してしまった。あろうことか競馬エッセイの連載を四本も抱えてしまったのである。

仕事なのだから、気儘にやるわけにはいかない。今や座椅子をコの字形に囲んだ卓のひとつは競馬専用、資料箱も本棚も、何分の一かは競馬のデータと書物とで埋まっている。むろん土曜日は午前八時、日曜は午前七時ジャストに「遅刻しますよ」と妻に叩き起こされる。幸い競馬で負けて借金を作ったり、家産を傾けたりした経験はないが、考えてみればこれもまた競馬地獄のうちだろう。

しかもまずいことには、このところすっかり面が割れてしまって、競馬場でやたらと人に声をかけられる。一日に一人や二人からは面と向かって挨拶されたり、競馬新聞に赤ペンでサインをさせられたりするのだから、たぶん何百人もの人に認識されているのだろう。そう思うとゴールまぎわで大声を出すわけにも行かず、そこいらにしゃがみこむこともできず、穴場のおばさんもこの顔を知っているかと思えば、セコい馬券を買うのも気が引ける。

苦節三十年の馬券人生の果てに、こんな事態がこようとはゆめゆめ思わなかった。

気儘な競馬を楽しむためには、まず、競馬場の群衆の中の任意の一人にならねばならない。積年の夢が叶って小説家となることができたのは有難いが、その結果正しい競馬の楽しみ方を奪われたというのは、何たる皮肉であろう。

ともかく現在の私は、週の五日を原稿書き、残る二日も取材、という情けない人生を送っているのである。

昭和五十年のダービーではカブラヤオーの単勝を買った。

いくらだったかは忘れたが、単勝2・4倍というオッズをギリギリまで追って、相当の金額を勝負したと思う。いくら買ったかを正確に思い出せないのは、よほど自信があったからなのだろう。

絶対だと信じた根拠は、前週のオークスでテスコガビーの圧勝を目のあたりにしたからだった。アナウンサーが「うしろからは何もこない!」と絶叫したほどの大差勝ちだった。

そのテスコガビーを負かしたカブラヤオーが他の馬に負けるとは思えなかったのだ。オッズが2倍を切ればともかく、それ以上なら有金勝負だと思っていた。

カブラヤオーは自ら速いラップを刻んで遁走し、そのまま逃げ切ってくれた。双眼鏡を見ながら、肝のちぢむようなハイラップだったと思う。勝った歓喜は忘れたが、その道中の背筋の寒さは覚えている。

たしかその帰り途にも、ああ競馬はノンビリと、勝手気儘にやりたいと考えたような気がする。

孔子も勧める博奕

八日間の旅程で中国東北地方を旅した。

まず「北の香港」をめざして変容する大連に入り、高速道路で瀋陽、その先は旧満洲鉄道に揺られて長春、ハルピンをめぐり北京に戻るという、ディープかつレアな中国の旅である。

旅行の目的は『蒼穹の昴』『珍妃の井戸』に続く物語の取材で、主として東北の英雄張作霖・学良父子の足跡をたどった。起稿する前に多くを語るわけにはいかないが、清朝滅亡後の軍閥割拠時代を舞台に、覇権とは何か、英雄とは何かというたいそうなテーマを書くつもりである。

中国の旅は飽くところがない。固有不変の文化を持つうえ、つい先ごろまで実質的な鎖国状態であったのだから、すっかり西洋化した私たちにとっては、中国こそまさに異国なのである。

さて、有名な話だが中国には三大悪と称する罪悪があるそうだ。曰く、「麻薬」「売春」「賭博」。つまり、過去の歴史がその三つの悪によってねじ曲げられてきたから、これぞ国家を殆《あやう》くする罪悪、というわけである。このうち最も重罪は麻薬で、売ればほぼ確実に死刑、使用や所持でも長い懲役は免れないらしい。

売春は観光都市においては何となく黙認という感じである。かつて鄧小平が、「自由化の風を入れるためには、窓から虫が飛びこんできても仕方がない」というようなことを言ったそうだが、つまり観光客向けの売春はこの「虫」なのだろう。

興味深いのは「賭博」である。たしかに「麻雀」は奇蹟の発明というべき傑作遊戯で、今日でも民間では広く行われている。清国滅亡の要因のひとつに数えられることも、けだし詭弁《きべん》ではなかろう。そのうえ中国人は生来がギャンブル好きだから、まさか金を賭けずに麻雀を打っているとは思えないのだが、まあこれもよほど大がかりなものでない限りは「虫」扱いに黙認されているのだろう。

中国人同士が麻雀を打っている様子を見たことはないが、将棋やトランプに興じる姿は街角でよく見かける。ことに重工業都市の長春や瀋陽では昼夜交替制の労働者が昼日中から辻に群がってカードをめくっている。むろんあからさまに金のやりとりはしていないが、真剣な表情や雰囲気から察するに金は賭かっているらしい。警官が通りすがってもべつだん咎めるふうはなく、本人たちも野次馬もまったく気にする様子はない。これはすでに日常生活の一部なのだろう。

論語の陽貨篇に曰く、「飽食終日、心を用うる所なきは難いかな。博奕《はくえき》なるものあらずや、これを為すは猶《なお》止《や》むに勝《まさ》れり」。

この際、わが国の漢学者は「博奕」を「バクチ」とは読まず、「はくえき」または「ばくえき」と読み習わす。いくら何でも「バクチ」という言葉が孔子様の口から出るのはうまくないと考えたのだろうか。

一日じゅうブラブラとして何も考えずに過ごすことはよくない。そんなときにはバクチというものがあるではないか。バクチを打つのは何もしないよりはマシだ――と、だいたいそんな意味である。

瀋陽の路上でトランプに興ずる人々が孔子様の訓えを実践しているのかどうかはともかく、われら競馬ファンには何とも心強いお言葉である。

古代中国の賭け事といえばスゴロクをさすのだが、それにしても禁欲主義の権化のような孔子が、弟子たちにバクチを勧めるというのはいったいどうしたことであろうか。しかも儒教の訓えというものはきわめて論理的で一貫性があり、聖書や仏典のように宗教的な曖昧さはない。説くべきところは常に、「いかにして生きるべきか」という人の道である。

若い時分にこの言葉を知った私は、シメタとばかりにこれを免罪符としてバクチに励んだのだが、そのわりにはこの訓えの奥深さを考えたことがなかった。少しは考え直してみようと思ったのはずっと後年、すなわちバクチによって人の道を踏みたがえてしまった近頃である。

博奕の「博」の字は読んで字のごとく「広い、大きい」という意味である。「奕」もまた、元を糺《ただ》せば人間が両手を広げ、足を踏ん張って立つ形を象《かたど》っており、「堂々として大きい、偉大な」というほどの意味を持つ。つまり文字をたどれば、「博奕」はたいそう立派な言葉なのである。

私は漢学者ではないので、この先は勝手な解釈をする。

もともと中国におけるバクチは「悪」ではなく、金銭を賭けて賽《さい》を振り、人知の及ばざるところを極めんとする大真面目な代物ではなかったのだろうか。すなわち論語陽貨篇の一節の意味は、「ブラブラしているくらいならバクチでもしていたほうがマシ」というものではなく、「学問もする気になれず、仕事にも精が出ないようなときは、バクチを打って己れを鍛えるべし」というほどのニュアンスを持っているのではなかろうか。

もし古代におけるバクチの性格が「悪」ではなく「善」であるとするなら、この一文は禁欲的な儒教思想と何ら矛盾することなく説明がついてしまう。

そもそもバクチが「悪」と決めつけられたのは、中国においては共産主義の台頭以降のことで、その理由はおそらく過去の歴史に学んだという建て前よりも、しごく単純に生産労働に従事する時間が奪われるからというのが本音なのだろう。そう考えれば、勤務明けの労働者たちがやおら堂々と路上にご開帳をし、何ら悪びれるふうもなくトランプに興ずることも、それを黙過する警官の様子も説明がつく。生産労働にきちんと従事したあとなのだから、ノープロブレムなのである。

少なくとも彼ら中国人は、バクチを「善」とは思わぬまでも「悪」だとは思っていない。だとすると――われら日本人がバクチを打つとき、誰しもが感ずる背徳感のみなもとはいったい何なのだろうか。

これはたぶん、儒教というもののわが国における歴史と関係があると思う。

私はさきに儒教を禁欲的な思想と言ったが、実はこれを禁欲的なるものと解釈し、断定したのは他ならぬ日本人である。孔子は弟子たちを説諭するにあたり、「ああせい、こうせい」とは言っていない。「このようにするべきである」と説いている。ところが日本ではこの言い回しが「ああせい、こうせい」と、きわめて強制的に教えられる。儒教的道徳は儒教的教育に変容するのである。

わが国でこの教育が広く行われ始めたのは、徳川幕府が幕政上のモラルとして儒教を採用して以来のことで、案外その歴史は浅い。幕藩体制という徹底した封建社会を確実に操作するためには、もってこいの内容だったからである。

かくてわが国において儒教は、「ああするべし、こうするべし」というニュアンスを離れて、「ああせい、こうせい」という社会的強制に変質した。むろん数々の法律もそれに準じて整備された。バクチは罪悪と決めつけられ、それに興ずる人々はみな相応に背徳感を背負いこむことになった。

ううむ……ちと詭弁かも知れぬが、こう考えてバクチを「博《ひろ》く奕《おお》きなもの」だと思うことにしよう。

ところで、中国はただいま将来の競馬開催について、鋭意研究中であると聞く。

いったいどこまで具体的なプランができているのかは知らんが、全都市がすさまじい勢いで香港化しつつある昨今の情勢を見ると、実現もさほど遠い先の話ではなかろうという気がする。

その膨大な人口、爆発的な規制緩和、本来の拝金主義、基本的に悪ではないギャンブル観——どの面から考えても、もし公営の競馬が堂々と開催されることになれば、それは想像を絶するスケールのものになるだろう。

何しろ土地はいくらでもあり、すべて国有地なのである。労働力にも事欠かない。その気になれば世界最大のコースとスタンドが、アッという間にでき上がる。

デカいものを作るのは、万里の長城以来の得意技で、このところ北京や上海に雨後の筍のごとく出現したビルディングも、香港のそれを十個束ねたぐらい、ともかくデカいのである。あの勢いで競馬場を作ったら、たぶん収容能力五十万人、コース一周十キロ、直線3000メートル、などという化物《ばけもの》ができるのではないかと思う。

そうなった場合の問題点といえば、第一に競走馬の供給、第二にレースを運営するコンピューター技術だろう。香港の競馬会と産業とがそれをまかないきれるかどうか、この際わがJRAも商事部門を強化し、準備万端に待ち構えていたほうがよろしかろうと思う。

旧満洲の長旅をおえて、ようやくおとつい帰国したと思ったら、来週はニューヨーク。取材をするそばから原稿の締切りが押し寄せてくるただいまの生活は、まさしく馬車ウマのごとくである。きょうびサラブレッドだってこういう使われ方はしない。

おかげで春のクラシック戦線の予想がいいかげんになってしまい、にもかかわらず印を打てとあちこちから迫られる。

もしやと思ってただいまニューヨーク旅行の日程を確認したところ、しっかり競馬とカジノが入っていた。近頃の文芸編集者はソツがない。

アメリカのいじらしさ

旧満洲の取材旅行から戻ったのもつかのま、中十日《なか》の強行軍でニューヨークに行ってきた。考えてみればこの一年ばかりの間につごう七回も海外に出ており、日数に換算すると三カ月ちかくも外国で生活していることになる。

忙しい忙しいとあちこちで愚痴をタレながら、よくもまあそんな時間があるものだと周囲はあきれるが、むろんプライベートの旅行など一度もない。すべて編集者とカメラマンがベッタリ同行する「取材」である。

私個人の希望としては、南海のリゾートで目の玉のとろけるぐらい眠りたいのだが、まさかそんな夢を叶えてくれる奇特な出版社などあろうはずはなく、気儘な一人旅さえ許されない。

しかもちかごろでは、呪わしき通信機器の発達により、世界中のどこにいても同じ量の仕事がついて回る。一日の取材をおえてホテルに戻れば、ボイス・メッセージとファックスが山のように届いており、おちおち眠るヒマもない。まさしく地球全体が地獄のようである。

そこで徹夜明けの朝、「もう取材なんかしたくない。競馬に行きたい」と駄々をこねた。同行の編集者はとりあえず私を馬車に乗せ、セントラル・パークを一周して説得につとめたが、そんなことでごまかされる私ではない。なにしろこの取材旅行のために皐月賞が飛んじまったのである。せめて日程がもう一週間ズレていれば、帰りがてらにケンタッキー・ダービーを観戦することもできたのである。「やだやだ、もう仕事なんてやだ。競馬に行く、一人でも行く！」と、私は馬車の上で地団駄を踏んだ。

こうしてその日の取材予定は、メトロポリタン美術館から急遽アケダクト競馬場へと変更されたのであった。編集者はヤケクソでリムジンを用意した。ニューヨークでは珍しくもないものだが、もし東京に走っていたら誰でも呆然とするような鯨のごときキャデラックである。

シャレにはちがいないが万事派手好みの私はたちまち上機嫌になり、徹夜の疲れも時差ボケもどこかに吹き飛んだ。

アケダクト競馬場はニューヨーク郊外、J・F・ケネディ空港のすぐそばである。

第一レースの発走は午後一時。一日に九レース。月曜と火曜が休みの通年開催。ということは、しごくノンビリした競馬場であろう――とあらかじめ予測はしていたのだが、到着したスタンドはノンビリを通り越して閑散としていた。

人がいない。アメリカの競馬は斜陽化していると噂には聞いていたが、それにしてもひどい。日本のどこのローカル競馬場に行っても、まさかこれほど客がいないということはあるまい。

すでにレースは始まっているというのに、スタンドには水辺の鳥のごとく、ぽつりぽつりと人影のあるばかりで、クラブハウスと呼ばれるガラス張りゴンドラ席に入れば、ほとんど開店前のレストランのようである。

設備が上等な分だけ、なお悲惨である。白いテーブル・クロスをかけたモニター付きボックス席が、三層に分かれたフロアにゆったりと、何百人分も並んでいる。しかし客はせいぜい三十人ほどで、全員が七十歳以上のシルバー・エイジであった。要するに豪華かつ巨大な碁会所の趣である。

身なりのよいお年寄りが、だだっ広いフロアの何カ所かに一塊りになってワインを舐めながら、それでもけっこうエキサイトしている様子は、泣かせる。ちなみにこのクラブハウスの入場料はたった三ドルであった。

思うに、競馬の隆盛を最も左右する要素は、何にもましてそれぞれの国民性なのではないだろうか。

昨年ロンシャンで凱旋門賞を観戦したときも、フランス人はあまりギャンブルが好きではないと感じたが、アメリカ人は明らかにその上を行く。

競馬場の設備や環境や、競馬場の質においては欧米が圧倒的であるにもかかわらず、売上においては香港や日本が圧倒的であるのは、やはり生まれもっての国民性と考えるほかはあるまい。

その結果、当然香港や日本における競馬は国家の大きな財源になっているはずだが、少なくともアケダクト競馬場を見る限り主催者側は大赤字であろう、という気はする。しかしそれにしても、競馬場の繁栄ぶりとはいっさい関係なく、外国の馬券は何と面白いことか。

まず、WIN（単勝）。PLACE（二着払い複勝）。SHOW（三着払い複勝）。QUINELLA（馬番連勝複式）。EXACTA（馬番連勝単式）――と、ここまでは私たち日本人にもよくわかる。というより、私たちは不幸なことにこのくらいしか知らない。DAILY DOUBLE（二レースにまたがって勝ち馬を当てる）。PICK3（三レース連続の勝ち馬を当てる）。PICK6（六レース連続で勝ち馬を当てる）――と、要するに究極の単勝メニューが揃っている。このシステムはおそらく、根っからの競馬マニアにとってはたまらないごちそうであろう。

さらに、TRI－FECTA（一、二、三着を着順通りに当てる）。SUPER－FECTA（一～四着を着順通りに当てる）――という馬券も、さかんに売られている。

こうなるとこと馬券に関して言うのなら、隆盛をきわめる日本の競馬は貧しい定食屋の趣があり、沈滞せるアメリカ競馬は貧しいながらもファンに食いきれぬごちそうを用意してくれている、という気がする。

長年変わらぬ定食メニューで世界一の売上を支える日本人ファンの、何といじらしいことであろうか。

ところで、いじらしいと言えば斜陽化にもかかわらず企業的努力を続けるアメリカ競馬もいじらしい。

わずかなファンのために、最大限のサービスをしていることがよくわかるのである。つまり、日本の場合はファンがいじらしいのだが、アメリカの場合は主催者側がいじらしい。テレビモニターの前には、椅子のほかにテーブルが用意されており、じっくりと検討ができるようになっている。しかも隣の席との間には、あたかも図書館のように仕切りがある。オールド・ファンはそこに座って、黙々と予想をする。

また、公衆電話機ぐらいの大きさの自動発券機がズラリと並んでいて、複雑なシステムの馬券をきわめて合理的に発売している。一見したところ、まさに公衆電話なのである。紙幣を入れると、小さな画面に適確な案内が表示され、ボタンを押すだけで前記のようなさまざまの馬券が瞬時にして出てくるというすぐれもの。このダウン・サイジング技術にはおそれ入った。

しかもこの機械は、馬券を発売するにあたって、同時に使用者の所持金をカウントする。どういうことかというと、当たり馬券を窓口で引き替える際に、金券のクレジット・カードをくれるのである。つまり、一度馬券が的中すれば、あとは面倒な両替をせずに、その金券を使ってレースが楽しめるというわけだ。小さな発券機は自動的に使用者の所持金残高を読み取り、馬券を売る。

現金の顔を拝めないギャンブルというのはいささか物足りない気もするが、このシステムはともかく安全で、ことにシルバー・エイジにはやさしい。まこといじらしいサービスである。

アメリカ合衆国には古い文化がない。

わずか五百年前に発見され、先住民からたった二十四ドルで買ったといわれるマンハッタン島から、この国の文化は始まった。

アメリカには神話も伝説もなく、五百年の先をさかのぼる文化は何ひとつないのである。つまりこの国の文化とは、存在しない文化を構築しようとする意志そのものでしかない。アメリカ国民はこの致命的な文化の不在の中で生きている。

あらゆる分野において彼らは開拓者であり、また永遠に開拓し続けねばならぬ運命を背負った国民であると言える。

むろん、その事実が人間として幸福であるか不幸であるかはわからない。私が彼らを見て不幸だと感じるのは、古い伝統を持った国民の驕《おご》りかもしれない、と思う。

イギリス人やフランス人が、あからさまにアメリカ人を蔑《さげす》む気持はよくわかる。大きさと豪華さを美徳とするアメリカ人の美意識には、たしかに閉口させられる。

私がニューヨークのホテルにいたたまれなくなった本当の理由は、日本から押し寄せるファックスのゲラ校正をしながら、ここは物を書く環境ではない、と感じたからだった。もちろんホテルの環境ではなく、アメリカの、とりわけニューヨークという町の環境が、文章を書くのに適さないと感じたのである。

しかし、アケダクトの競馬場で、私はそれまで見過ごしてきたアメリカの正体を見たような気がした。大きさと豪華さばかりがこの国の美徳ではない。彼らは常に、あらゆる局面においていじらしいまでの努力を怠らない。その不断の努力は、まさにギリシャ神話のシジュポスを見るようである。

閑散とした競馬場を後にしたとき、ふしぎな充足感を感じたのは、たぶんそのせいだろう。

本場のダービーへ行こう

第六十五回日本ダービー（一九九七年）は、一番人気スペシャルウィークがみごと圧勝したが、二着には人気薄のボールドエンペラーが差しこんで、馬番連勝1万3100円という大穴になった。

ふしぎなことに、この万馬券を的中させているやつが、私の周囲には大勢いるのである。むろん私は取っていない。しかし当日確認しただけでも、東京競馬場にいたごく親しい知人五名が、なぜかこの⑤—⑯の連複馬券を持っていた。少なくとも私の三十年におよぶ馬券史上、「みんなが取った万馬券」というのは初めてである。

かと言って、彼らがたがいに情報を交換し合ったというわけではない。それぞれ私の知人ではあるが、その内訳は「雑誌編集長」「ライター」「カメラマン」「旧知の競馬オヤジ」「私の女房」であって、相互の関係はアカの他人なのである。

ではなにゆえ彼らが揃いも揃って万馬券を的中させたのかというと、答えは案外カンタン、どうやらみなさん一番人気のスペシャルウィークから、かなり手広く流していたらしい。ダービーは年に一度の競馬の祭典。ファンとしては損得勘定よりも「ダービー的中」の栄誉に輝きたい。かくて自然に買い目の数は多くなり、「みんなが取った万馬券」というふしぎな現象が招来されるのであろう。

たしかにダービーを的中させたときの歓喜はひとしおであり、はずれたときの敗北感もまた異質である。かくいう私も、ほとんど採算度外視のタコ足馬券を買ったあげく、「ダービー不的中」の屈辱からいまだに立ち上がれない。

はてさて、ダービーとはいったい何なのだ。


本家本元のイギリス・ダービーとやらを、いちど見てみたいものだと思う。ほとんど悲願と言ってもよい。

競馬を三十年もやり続け、あまつさえあちこちに原稿を書いたりしていれば、毎年おいしいお誘いはあるのだが、どうしても渡英できぬ事情がある。

エプソム・ダービーの開催日は、原則として六月第一週の土曜日で、その前日がオークス。一方、日本のオークスとダービーは五月の最終週から六月の第一週にかけての日曜日。したがって両国のオークス・ダービーをすべて見ることは不可能なのである。で、去年も今年も、あれやこれやとまるでパズルを解くようにスケジュールを思いあぐねたのだが、結局は断念せざるをえなかった。ということはつまり、どちらかに番組の改編がないかぎり、私は一生エプソム・ダービーを見ることができないのである。

自慢じゃないが私は、ダイシンボルガードが勝った昭和四十四年以来、日本ダービーは一度も欠席したことがない。ちなみにオークスはそのあくる年のタマミから、やはりずっとスタンドで観戦している。ともにテレビで見たことすらなく、場外馬券を買ったためしもない。たかが競馬とはいえ、えんえん三十年間、人生の浮沈にかかわらずナマのダービー・オークスを観戦し続けたファンは、そうはいるまい。私がイギリス・ダービー観戦という悲願を達成できぬ事情とはつまり、すでに個人的な伝統儀式となってしまったこの日本ダービー観戦を、どうしても欠席するわけにはいかないから、なのだ。

第一回のダービーは、一七八〇年に、ロンドン郊外エプソム競馬場において開催された。ダービーの名の由来は、創設者である第十二代ダービー卿エドワード・スミス・スタンレーにちなむ。

私はイギリスには行ったことがないのでよくはわからんが、地図で見るとイングランド中央部のミッドランド地方にダービーという都市があり、かのダービー卿はこのあたりの殿様だったのであろう。現在でも二十三万余の人口を擁し、自動車、鉄道車両、航空機エンジン、化学繊維などのさかんな工業都市だというから、きっと二百年前にも豊かな土地で、ダービー卿はさぞかし大金持ちだったのではあるまいか。

イギリス最初の常設競馬場は一五四〇年に建設されたチェスター郊外のルーディである。すなわち、第一回ダービーが開催されるより二百四十年も以前に、イギリスでは競馬が始まっていたらしい。

もっとも、初期の競馬は二頭の馬によるマッチ・レースで、馬主たちの間に金銭のやりとりがあったかどうかはともかく、多分に名誉をかけた、優雅な遊びだったのであろう。

三頭以上の馬が参加して、それぞれが出馬登録料を拠出し、優勝馬の馬主がそれを全額収得するというスイープ・ステークス制なるものが登場したのは十八世紀になってからで、この制度によって競馬は飛躍的な進歩をとげる。

王室所有のアスコット競馬場がウィンザー宮殿の近くに開設されたのは一七一一年のこと。なにしろ国王や王族が大馬主で、競馬場まで王立だというのだから、わが国における天皇賞や高松宮記念とはそもそもかかわり方がちがう。

やがて多くの馬が覇を競うビッグ・レースとして、セントレジャー、オークス、ダービーなどが次々と開催されるようになった。ここでふしぎなのは、現在も続いているこれらクラシック・レースのうち最も先に始まったものは、わが国の菊花賞に相当するセントレジャーなのである。

まず一七七六年にドンカスター競馬場でセントレジャーが開催され、三年後の一七七九年にエプソム競馬場でオークスが、あくる一七八〇年にダービーが行われた、と記録にはある。

ううむ、よくわからん。ことに、ダービーの前年にオークスが始まったというのが、よくわからん。何事もレディ・ファーストというわけでオークスを一年先に始めたのだとしたら、イギリスのおやじは大したものだと思うが。

ちなみに、オークスの名の由来は件《くだん》のダービー卿エドワード・スミス・スタンレーの別荘地の地名だそうで、どう考えてもこの人は大金持ちであるうえにロンドン社交界の花形だったようだ。で、そんな彼がまず四歳牝馬によるオークスを創設し、あくる年にダービーを始めたとなれば、何はともあれその女房の顔が見たい。

当時のダービー家を舞台にした競馬起源小説を書けば、きっとぶっちぎりのユーモア小説になるだろうと思う。この構想に手を貸してくれる奇特な版元はないものか。ただし、膨大な取材費がかかるわりに、たぶん本は売れない。

さて、わが国における第一回ダービーは、昭和七年四月二十四日、当時は目黒にあった東京競馬場で開催された。第一回から今日まで、「日本ダービー」というのは実は通称で、正式には「東京優駿競走」という。

手元の資料によれば当日は雨の不良馬場、それにしても勝ちタイムの2分45秒2は、今日の水準からはおよそ二十秒も遅い。サラブレッドの進化にひき比べ、埒外の人間は何と愚かな生き物であろう。わが家の場合、ほぼダービーの歴史と同じぐらい、親子三代にわたって馬券を買い続け、数度にわたって家産を破っている。

栄《はえ》ある第一回ダービーの優勝馬は、函館孫作騎乗のワカタカ、二着は尾形藤吉のオオツカヤマ、三着は徳田伊三郎のアサハギ。ああそれにしても、人の名も馬の名も、昔は何と美しかったことか。

今年でダービーは四連敗。昨年はサニーブライアンの大逃げに屈し、一昨年は「フサイチコンコルドのアタマ」だと、会う人ごとに広言しておきながら、てめえは締切寸前にフト魔がさして全然ちがう馬券を買ってしまった。その前年は「この馬だけはない」と声を大にして言い続けたジェニュインが二着にきて、赤っ恥をかいた。

実は今年も、私は訊ねられるたびにたしかこう答えていた。

「三強というほどの年じゃないよ。勝つのはユタカの馬。でもヒモはたぶん、意外な馬」

デッサンは上手にできていたのである。しかし当日の私の結論、つまり本線はスペシャルウィークVSダイワスペリアーの⑤―⑮であった。

ゴール前、叫びすぎて咽から血が出たのである。呆然自失しているところに、知人たちが入れかわり立ちかわりやってきて、取った取ったと騒いだ。去年の暮れから競馬を覚え、初のダービー参戦となったわが女房まで取っていた。三十年の馬券人生が走馬灯のごとく去来し、私はゴンドラ席の机にうつぶして泣いた。

帰るみちみち、心に決めたことがある。

来年は何としてでもエプソムに行こう。長い人生、一回ぐらいダービーを欠席してもよかろう。いや、一泊でもよい。場合によっては日帰りでもよい。

温泉付きの函館競馬

今年から東京競馬場でローカル開催の裏表馬券、および関西の相互発売三レースがすべて買えると聞き、いそいそと出かけた。

便利である。しかし便利すぎて不便ということもある。その気になればつごう二十七レースを買うことのできる府中のスタンドは、押しも押されもせぬ世界最大の場外発売所、いやラスベガスの巨大カジノさえもしのぐかと思われる世界最大の鉄火場であった。

で、ついつい土日の二日間で常ならぬ大散財をし、こんなことなら函館まで足を延ばして、ローカル競馬をゆっくり楽しもうと思い立った。

こちらもまた便利である。

「はるばる来たぜ函館」と歌われた三十年前には、たしかに遥かな場所だったのだろう。「逆巻く波を乗り越えて」というからには、多くの旅行者は旧国鉄に青函連絡船を乗り継いで函館までやってきたのである。おそらく今の若い人は、このフレーズがピンとこないのではなかろうか。国内航空運賃は諸物価に比べてさほど値上がりしていない。つまり当時の飛行機はすこぶる贅沢な乗り物だった。

そこで、「後は追うなと言いながら」と、泣かせる歌詞が続く。後を追おうにも、おいそれとは追えないほど遠かったのである。このあたりになると、仲間同士が気軽に誘い合ってローカル競馬に出かける今の若者たちは、まったく理解に苦しむだろう。そのころに札幌や函館の夏競馬に行くのは、さしずめ今でいう海外遠征ぐらいの壮挙だったような気がする。

十代のころ、バイト仲間と札幌のローカルに行こうとした記憶がある。列車で行くには時間が足らず、飛行機で行くには金が足らず、結局計画はご破算になった。たしか片道の航空運賃が二万円ぐらいだったと思う。喫茶店のウェイターの時給が百円かせいぜい百五十円ほどの時代だったから、それは一カ月分の給料に匹敵するほどの金額で、どう考えてもやはり無理な計画だった。

近ごろの若者は海外に往復するチケット代ぐらいは一カ月で稼ぐだろうから、やはり当時のローカル行きは海外競馬を観戦するのと同じようなものだったのだろう。

というわけで、片道わずか二万八千円ばかりの函館便は満席。土曜の午前十時三十分に羽田を飛び立って、昼休みに競馬場へ入ることのできるその便は、さながらＪＲＡ専用機の趣があった。

便利といえば、函館競馬場はそもそものロケーションが便利である。

空港から競馬場まではタクシーで十分かそこいら、しかも途中には湯の川の大温泉街があって、そこに宿をとれば毎朝スタンドまで歩いて通える。空港つき温泉つきの競馬場とでも言ったほうがよいかもしれない。

福島も新幹線つき温泉つきの便利な競馬場だが、函館はそれに加えてさわやかな気候と海の幸グルメが付く。将来わが国にもカジノができるとしたら、第一候補はここしかあるまいという気がする。

羽田からの飛行時間はわずか一時間十分、さらにスタンドまで十分。「はるばる来たぜ」などという感覚は毛ほどもなく、「後は追うな」どころか、あまりの便利さに当日は女房同伴と相成った。

競馬を始めて三十年、むろん馬との付き合いは女房より古い。

この女性は馬から遅れること五年でわが家にやってきた。すなわち私の人生の中で最も古い付き合いは原稿用紙、次が馬、次が女房、という順になる。

したがって私の生活における優先順位もその通りである。考えてみれば気の毒な話だが、この女性は人間であるにもかかわらず、四半世紀の長きにわたって紙と馬とにしいたげられてきた。

はっきり言って、女房と行動を伴にするのは便利である。しかしその一方、便利すぎて不便でもある。

私より力持ちなのでポーターとしての役目も果たしてくれるし、私より高学歴であるからデータもきちんと取っている。しかも門前の小僧を長く勤めたせいで、馬券センスはよい。

こういう便利な相棒がいると、いきおい馬券も過熱し、自然と負けがこむ。ふつうの女房ならたいがいにしときなさいと止めるところだが、彼女の場合は負けたものはとり返しなさいとムチを入れる。高利の金も貸す。つまり、秘書兼ポーター兼高利貸しとでもいうべき彼女こそ、私にとってはこのうえなく便利かつ不便な存在なのである。

戦いすんで日の昏れた函館山に登った。

おしゃべりな運転手の説明によれば、「世界の三大夜景」のひとつなのだそうだ。

他の二つはどこかと訊ねれば、香港とナポリだと言う。

ヴィクトリア・ピークから見おろす香港も、卵城からのサンタ・ルチアの夜景もたしかにすばらしい。函館山からの眺めもけっしてそれらに比べて遜色はなく、世界の三大夜景だと言われれば、なるほどと感心もするのだが、その三つはいったい誰が決めたのだという疑念も湧く。

私見によれば、ブルックリンから見たマンハッタンの夜景は圧巻の一語に尽きるし、新宿の高層ビルから眺める東京だって、まんざら捨てたものではない。要するに「世界の三大美女」の類いなのだろう。

それにしても、函館山からの夜景は美しかった。世界の三大夜景は観光地としての便利なキャッチ・コピーにすぎないのだろうけれど、ナポリや香港の人もこの景色を見れば、たぶん納得する。

帰京を日延べして五稜郭を見物した。本業に立ち返っての取材である。

あれやこれやとボーダーレスに小説を書いているが、この秋からはいよいよ初の時代小説の連載を始める。「浅田版・新選組」(『壬生義士伝』)である。歴史物は年がいってからじっくり書こうと考えていたのだが、ある朝鏡に向かって、そろそろよかろうと思い立った。

自宅が多摩の日野であるのは奇《くす》しき因縁だろう。取材は地元から始まり、半年をかけて京都、東北をめぐった。

新選組はその名前とはうらはらに、転変する時代の矛盾と理不尽とを一身に背負って戦った。いや、時代の矛盾と理不尽とを一身に背負わされて、戦わざるを得なかった。

彼らを滅び行く武士道の象徴として捉えることも、悲劇の反動集団と解釈することも、もはや語りつくされている。ある時代に生まれ合わせてしまったごく平凡な男たちが、いったいなぜ時代の矛盾と理不尽とを一身に背負わされなければならなかったのか、その凡なるがゆえの悲劇を一巻の小説に描いてみたいと思う。

戊辰戦争のすべてを賊軍の先兵として戦った新選組は、明治二年五月にこの函館五稜郭で歴史から消えた。城跡は往時を知る老松の大樹に被われた、のどかな公園になっている。

日ざかりの日が翳《かげ》り、私は老松の下枝に佇む土方歳三と対面した。

この男に会えたなら、どうしても訊ねたいことがあった。

(なぜ君だけ降伏しなかったんだね。死ぬことに意味はなかっただろう)

この質問は、多くのファンの総意にちがいない。小説を書こうとする私も、ひとりの平凡なファンにすぎなかった。

私より若いままで死んでしまった歳三は、ややうんざりとこう答えた。

（意味なんてありませんよ。そうするほかはなかったんだから、しょうがない）

（しょうがない？　――君らしくない答えだね。君はいつだって、そんなことは言わなかった。すべての行動に、ちゃんと理由をつけてきたじゃないか）

（そういうふうにしてきたから、しまいにはしょうがなくなったんですよ。理由をつけ続けて生きればそうなる。人生なんて、そんなものです）

（便利なやつだな、君は）

（はい。こんなに便利な人間はなかなかいないでしょう。性格はいたって不便なんですがね。こういう不便な男ほど、使いみちは便利なものです）

（なるほど……）

（あんまり格好よく書かないで下さいよ。恥ずかしいから）

（ありのままに書くさ。ほかの連中も紹介してくれるかね）

（そりゃあ、喜んで――）

（日野には帰らないのかね。来年はモノレールも走るし、ずいぶん便利になったよ）

（帰りたいんですけどねえ……あんたの仕事次第では、帰れるかもしれないけど）

（よし、約束しよう。連載が終わったら迎えにくるよ。ちょうど来年の今ごろ、競馬をやり

にくるからな)

(便利なものですねえ、競馬って)

(近ごろでは便利すぎて、不便に感じることもあるがね)

(便利すぎて、不便、ですか)

(そう、君の場合は、不便すぎて便利だったけど)

私たちはそれからしばらくの間、黙って夏雲を見上げていた。

運。あるいは奇蹟

新潟競馬の常宿は月岡温泉と決めている。

タクシーを飛ばして三十分以上もかかるから、函館の湯の川ほど便利ではないが、そのぶん競馬ファンの宿泊客は少なく、すっかり面の割れている近ごろではむしろ気楽である。

車窓に拡がる景観がまたよい。右も左も、ほとんど地平に至るかと思われるほどのコシヒカリの波で、不景気などとはまさに無縁の豊饒さを感じる。

「景気はどうですか」と運転手に訊くと案の定、頼もしい返事が戻ってきた。

「不景気だとは言うけれど、あまり実感はないですね」

ほう。このところ全国津々浦々、サイン会だの講演だの取材だの競馬だのと飛び回って、タクシーに乗るたびに同じ質問をしているのだが、この答えは初めてである。

「私ら運転手はね、だいたい百姓なんです。つまり農家のおやじがタクシーに乗って稼いでいるわけでね、ほら、田圃っていうのは田植えがすめば秋の刈入れまで、あんがいヒマでしょ」

何とまあ、贅沢なお国柄と言おうか。

「この間の集中豪雨で、稲は大打撃を蒙ったとか……」

「大打撃？——ハハッ、そりゃお客さん、オーバーですよ。これ見りゃわかるでしょう。ここいらは水はけがよくってね、いくら降ったって水はすぐ引くんです」

なるほど言われてみれば、新潟のコースはパンパンの良馬場で、関屋記念ではダイワテキサスが1600メートルを1分32秒7というレコードで勝った。豪雨前の日本海ステークスがレコード、豪雨直後の関屋記念がまたレコードなのだから、ダイワテキサスの強さもさることながら、コースはきわめて水はけがよいということになる。パドックからの馬場が冠水するほどの大雨にもかかわらず、その三日後にはレコードが飛び出すのである。

「多少の被害はあったにしても、大打撃なんてことはないですよ。ましてや減反政策で田圃を休ませているくらいなんですから、どうってことないです」

まさに天下の米どころ。コシヒカリは豪雨にも不景気にもビクともしない。

ところで、タクシーの運転手がたいがい農家のオヤジだとすると、田植えと刈入れの時期はいったいどういうことになるのだろう。タクシーは一斉休業か。

「そういうのは、乗務のローテーションをうまく組んでね。それに今は何でも機械でやるから、さほど手はかからないんです。サッサッと終わらせて、あとはまたタクシーに乗ります」

富の偏在、とまでは言わないけれど、景気の偏在というものはたしかにあるようだ。新潟競馬場が超満員の大盛況なのも、きっとコシヒカリの実力なのだろう。

二日間の新潟遠征の結果はチョイ負け。日曜の最終レース分だけ負けた。

とりあえず四週八日間にわたる連勝記録はストップした。バクチの常道として、運をのがさぬためには最終レースを控え、「勝ちは勝ち」で手じまいにするべきだったのだが。

それにしても、このところのツキはただものではない。

七月の第二週に東京競馬場に行き、福島と函館の裏表全レース、および阪神の相互発売三レースをすべて買うという暴挙を冒し、しかも大勝した。翌週も同じ暴挙の末に再び大勝利。ＪＲＡの無慈悲な控除がある限り、こういう結果は科学的には説明がつかぬのである。

さらに翌週は函館に飛び、再び買える限りの全レース、つまり函館の全十二鞍と相互発売の四鞍をすべて買ったところ、またまた大勝。調子に乗って翌週は府中場外で二日にわたり全レースを買い、ビクビクしながら帰るぐらいの大金を手にした。

かくて常に全レースを買い続けながら、しかも勝ち続けという甚だ非科学的な今日このごろなのである。

月岡温泉の露天風呂に浸りながら、これはいったい何としたことであろうと考えた。良きにつけ悪しきにつけ、結果には必ず原因がある。そういう点では、私は「運」の存在を信じない。

この一カ月、格別の努力をしたかというと、そんなことはない。いやむしろ一日に二十五レースとか二十七レースとかいう暴挙の前には、たかだかの予習など何の効果もないはずである。

予想の手順とか馬券の買い方をどこか変えたかというと、これも思い当たるフシはない。三十年来の方法そのままに、しごくオーソドックスなオヤジ馬券を買い続けている。何か神様にほめてもらえるような善行を施したか。これも身に覚えはない。

だとすると、やはり「運」なのであろうか。二十五パーセントという無慈悲な控除の後に、勝ち組となって一日を終えることさえ数学的には不可能なのである。それを裏表全レース参加し、四週連続の大勝とは「奇蹟」と言うべきであろう。奇蹟の到来、すなわちこれ運の恵みである。

月岡温泉のぬるめの湯は思索に適している。ただぼんやりと雲居《くもい》の月を見上げ、やはり「運」なるものは存在するのであろうかと考えた。

こうした思索は、小説の筋書きを考えるよりも快い。

濁った硫黄の湯に浮かぶ月を掌に掬《すく》い、顔を洗う。

人生をゲームに譬《たと》えるならば、「運」という言葉はオールマイティの切り札のようなものである。

失敗のあとで、「運が悪かった」と言えば不合理はすべて帰着してしまう。敗因の分析などは誰もしたくないから、「運」のせいにすればいやなことを思い返さずにすむ。「運」で説明のつかぬものはないのである。

また、勝者を讃えるときも「運がいい」と言えばそれ以上の言葉は何も口にする必要がなく、勝者自身も「運がよかった」と言えばさし障りがない。まこと「運」とは便利な言葉である。

「運」のせいにすればすべてはおしまい。つまりこのジョーカーの前には、「努力」のキングも「才能」のクイーンも、「忍耐」のエースだって価値がなくなる。

バクチはそもそも、いかにして「運」を支配するかという遊びではあるけれども、はなから「運」を天に任せていたのでは、とうてい勝利は覚束ない。いかに「運」を摑み、いかに少しでも長い間それを手の内に留め置くか。そのためには一に努力、二に才能、三に忍耐、すなわち「運」の存在を認めぬことこそが、「運」を支配する唯一の方法なのである。

――などと、たいそうなお題目を掲げながら、ともかく三十年の間、馬券を買い続けてきた。

もうひとつ、私が「運」を信じぬ理由がある。

「運」と「不運」とは、表裏一体の同義である場合がしばしばある。「幸運」が「不運」の端緒であったり、逆に「不運」がたまさか人生に幸いしたりする。あるいは、「運がいいのか悪いのかわからん」という出来事も、長い人生にはしきりに起こる。

そう言えば、昔こんなことがあった。

多数の犠牲者を出したホテル・ニュージャパンの大火災で、九死に一生を得たビジネスマンがいた。彼はともかく命ばかりは助かったものの、所持品がみな焼けてしまった。あくる日には東京本社で重要な会議がある。ファックスなどという利器のない時代のことだから、焼けてしまった書類の写しを九州の支社まで取りに戻らねばならない。そこで何はさておき飛行機の手配をしてとんぼ帰り。ところがあろうことか、帰途の飛行機が羽田沖で墜落した。世に言う「逆噴射事故」である。

このときもビジネスマンは九死に一生を得た。はたして書類は無事であったのか、会議には出席したのかどうかは不明だが、彼が連続二日間にわたって九死に一生を得たのは事実である。

幸運だと言えば幸運、不運だと言えば不運、ともあれ彼の上に巡り来た「運」について、それがいずれであるかと断言のできる者はいないだろう。

「運」の実体とはつまり、そのようにわけのわからぬものなのである。しょせん人知の及ばざるものなのだから、信じたところで仕方がない。ましてや「天に任せる」のは愚である。

夜づめの湯の中で「運」についての考察をしつつ、ふと勝手な結論を得た。

なにゆえ科学では証明できぬ「全鞍参加しかも大勝」の奇蹟が、四週間も続いているのか。この一年余、ものすごく忙しかった。原稿の締切は毎日、というより、ほとんど「時間単位」だった。で、ようやく少しは落ち着いたかなと思ったとたん、「全鞍参加」の暴挙を始めたのである。すなわち、一年余にわたって構築された「クソ忙しいスケジュールのための脳ミソの回路」が、「全鞍参加」のやはりクソ忙しい思考回路にピッタリと一致したのである。

かくて五分おきの締切に追いまくられる予想は冴えに冴え、奇蹟の大勝利と相成った。

ということは——ノンビリと湯に浸っている場合ではないのだ。かたときも休まずに原稿を書き、週末の大勝利のためにこの回路を維持し続けなければ。バクチは決して「運」ではないのだから。だがよく考えてみれば、この生活は地獄である。

さらば、お手馬

若い時分、旅先作家というものに憧れていた。

旅行作家、ではない。旅先作家である。聞くところによれば、古き良き時代の小説家は全国各地の温泉場を転々と泊まり歩いて仕事をしていたらしい。こういうことが許される職業は世間広しといえども小説家以外には考えられぬ。

もちろん、その不純な動機で小説家を志したわけではないが、デビューを果たしたら必ずや旅先作家になろうと心に決めていた。

ところが、いざ小説家になってみると、これが案外うまく行かない。旅先作家は古き良き時代だからこそ許されたのであって、今日の小説家にはなかなか難しいのである。

まず、昔と今とでは小説家の仕事の内容がちがう。

現代の作家は好きな小説を書いていればそれでいいというわけではない。小説を書くのと同じくらいのエネルギーを費やして、新聞や雑誌にエッセイを書き、雑誌のインタヴューに答え、テレビやラジオに出演し、対談や講演もしなければならない。

いわば現代作家とは、小説を背骨《バックボーン》にした「文化的よろず屋」と言える。

できればメディアから超然として、それこそ旅先作家を決めこみ、小説だけを書いていたい。しかし今日では小説そのものが高度に商品化してしまっているので、一冊の本を上梓すれば必然的にさまざまの仕事が付随してくるのである。

一種の販促活動にはちがいないのだが、作品にまつわるエッセイやインタヴューやサイン会や講演が、ほとんどワンセットになって出版物について回る。たいそう忙しい。

私の場合、遅ればせながらデビューを果たしたとたんから、毎年五冊以上の本が出続けており、旅先作家どころか以来家族と温泉にも行けない生活になってしまった。

ほとんど毎日、原稿の締切のほかに「営業活動」の予定が組まれているので、一泊二日の小旅行ですら難しい。

こういう暮らしの中で、唯一旅に出るチャンスは「取材」である。「取材」、と特別に鍵カッコを付けたわけは、この旅行の実体がたいていの場合「小説を書くための取材」ではなく、「取材にこと寄せた旅行」だからである。いずれにせよ「取材」ということで、しばしば堂々と旅に出る。

ただし、こうした取材旅行には、かつて憧れた旅先作家の気儘さはありえない。取材にかかわる担当編集者が必ず同行し、雑誌掲載の予定であればその人数も複数となり、しばしばカメラマンも加わる。長期の海外出張となると、さらに通訳やガイド、現地駐在員等が加わって、相当数の団体旅行になってしまう。

そんな有様になっても、ともかく書斎を脱出して非日常の空間に身を置くことができるのだから楽しい。ホテルの部屋でやっと独りになり、おもむろに原稿用紙を開けば、旅先作家の気分も多少は味わうことができる。

考えてみれば、相応の時間をかけて旅に出ることには変わりないのだから、自分勝手に出かけても良さそうなものだが、なぜかそれはできない。

まず計画の立てようがない。プライベートな旅に出るくらいなら、やらねばならぬ仕事は山ほどある。それをさし置いて宿の予約をしたりチケットを買いに行ったりする気にはなれない。むろんそういう手間ヒマもかけられぬ。なおかつ、同時進行の連載がたくさんあるので、たとえ数時間たりとも所在不明にはなれないのである。

で、アゴアシ付きの「取材旅行」ということになる。これならば取材にかかわる担当編集者がすべて準備を整えてくれる。旅行中の作家は出版社の専有物であるから、その間は他社の干渉もなく、旅先に飛来する仕事も、同行の編集者がきちんと管理してくれる。

要するに現在のところ、夢の旅先作家を気取る方法はこれしかないのだが、困ったことには「取材」であるから、旅に出たあとは仕事が増える。ストレスもその分たまる。旅に出たくなる。いよいよプライベートでは行けないので、またぞろ「取材旅行」の計画が持ち上がる。何という悪循環であろう。

そうこうしているうちに名案を思いついた。

私は営業が長かったので、ノルマに追い詰められたときにはコペルニクスのごとく知恵がうかぶのである。

いかにして「取材」と称しつつ、プライベートな旅をするか。

私の全生活は各出版社にグリップされているのだが、ただひとつ、彼らが手を触れることのできぬ聖域があった。

競馬である。私の競馬歴は作家歴よりはるかに長く、予想をしたりエッセイを書いたりしてきた職歴も、実は小説より長いのである。なにしろ長い付き合いのトラックマンなどは、「浅田さん、ちかごろ小説なんかも書いてるんだってね」、などと真顔で言う。ということはつまり、競馬は各出版社が手の届かぬ唯一の領域。これを利用すれば私のプライベート旅行は実現する。

かくて本稿を盾に取っての旅打ち競馬が始まった。

競馬だろうが何だろうが、原稿を書いている以上は仕事なのだ。

しかも各出版社とJRAとは稼業ちがいであるから、あたかも博徒とテキヤが縄張りを競合してもケンカにならないのと同様、この旅行についてはいっさい干渉を受けない。

週末に私が所在不明となり、あわてた編集者が連絡をよこしても、家人は毅然として答える。

「ただいまJRAの取材でハコダテに行っております」

これでグウの音も出ない。むろんそのころ当の本人は、ローカル競馬場のスタンドで非文化的な奇声を発しており、勝とうが負けようが夜はのんびりと温泉につかって、積年の夢であった旅先作家となっている。

それにしても、ローカル競馬場のスタンドに立ってターフを見渡しているときに感ずる、あの安息はいったい何なのだろう。

私は故郷のない東京人だが、あのふしぎな安息感はたぶん、騒々しい都会から生家に帰って、縁側でぼんやりとくつろぐときの気分に似ているのではなかろうか。

競馬場で行き会う旧知の人々にとって、私は「ちかごろ小説なんかも書いている浅田さん」なのである。つまり、「東京で小説なんかを書いている次郎ちゃん」にほかならない。

そして、何よりも私はそこにいるときだけ、この三十年間いささかも変わらぬ競馬ファンになっている。

顔付きもちがう。挙措もちがう。言葉づかいもちがう。ではどちらが私の正体かと問われても困るのだが、少なくとも競馬場にいる私には、虚飾というもののかけらもない。

たまたまそんな私を新潟競馬場で見かけたという編集者がいた。「声をかけづらかった」のだそうだ。彼の目には、スタンドで奇声を発する私が、まったくの別人格者と映ったのではなかろうか。甚《はなは》だ汗顔の至りではあるけれども、競馬場はそれくらい私にとっての聖域なのである。

話は変わるが、三回新潟の最終日に悲しい出来事があった。

私のお手馬アミサイクロンが、レース中に落馬して予後不良となったのである。

お手馬とは、必ずしも好きな馬という意味ではない。馬体や特性をよく知っていて、切ったり張ったりすることのできる馬のことである。三十年も馬券を買い続けていれば、誰でもそういうお手馬の何頭かは持っている。

私はこのアミサイクロンで、かつて三回も万馬券を取らせてもらった。決まって人気薄のときに激走する馬だったが、そういうときのパターンを私は知っていた。三度のうちの一度は馬番連複八万円を付けたマーチステークスである。そのときアミサイクロンは、私の願った通りに中山のダート１８００を、鮮かに逃げ切ってくれた。

九歳の夏を迎え、彼は障害に転じた。新潟での二戦を四着、三着と好走して当日も人気になったが、私はまだ買えぬと思った。馬体も緩いし、直線に置障害のある芝コースでは不利だろう。ここはもういちど負けてもらって、人気の落ちた府中か中山の直線ダートで勝負、と考えた。

彼が先頭で第四コーナーを回ったとき、とうとうやられた、と思った。私はふしぎなくらい、彼との相性はよかったのである。

しかしアミサイクロンは最後まで私に付き合ってくれた。先頭のまま、直線障害で落馬したのである。

おかげでまたしても馬券を取らせてもらった。③―④、２８１０円。アミサイクロンをはずした馬券である。

思うところあって、的中馬券は払い戻さなかった。

この馬券はそのままアルバムに収めるのが正しかろう。彼が栄光のステークス・ウィナーとなったマーチステークスの八万円馬券のコピーも、ちゃんと取ってある。お手馬への香典にしては、ちと安い気もするけれど。

幻の凱旋門賞的中馬券

スイス・チューリヒの町と湖とを眼下に見おろすドルダー・グランド・ホテルでこの原稿を書いている。

旅の目的はチューリヒとロンドンでの講演なのだが、どうせヨーロッパに出かけるのならパリで連載小説の取材をしようということになり、さらにどうせパリに行くのなら凱旋門賞を観戦しようということになった。

いや、正しくは「ということになった」のではなく、「ということにした」のである。私をこんなわがまま者だとは知らずに仕事を依頼したスポンサーは、さぞ後悔していることだろう。

ドルダー・グランドは名門の五つ星ホテルで、丘の上にそびえ建つ姿はさながら中世の城砦を思わせる。美しい紅葉の季節にもかかわらず、広いホテル内に客の影はなく、むろん日本人はいない。

ルーム・サービスのコーヒーを注文するにしても、電話でのやりとりなどはせず、ベッド・サイドのボタンを押すとまず白髪のボーイがやってくる。ボーイというより執事とか家令の趣がある。彼は決して笑わずに部屋の中まで入り、私の目を見ずにご用の向きを訊ねる。

言葉はもちろん、謹厳きわまりないドイツ語である。

やがて、うやうやしく銀製の盆に載ったコーヒーが届けられる。ここまでされればチップもなまなかなものではまずいと思い、十スイスフラン（約千円）を渡そうとすると、彼はやはり笑わずに拒むのである。

なるほど、誇り高い彼らはチップなどという下世話なものは受け取らないのだ。だがしかし――もしかしたら金額が不足だったのかもしれない。

聞くところによれば、このホテルはしばしばアラブの王族の貸し切りになるのだそうだ。その目的がふるっている。何でもチューリヒ大学の医学部は世界一との噂が高く、ことに歯科治療の技術が卓越している。オイル・ダラーは虫歯が痛み始めると専用機をチャーターしてチューリヒに飛び、ドルダー・グランド・ホテルを借り切って丘の下にある病院に通うのである。

ということは、やはりチップの額は足らなかったのだろう――。

昨年の凱旋門賞はパドックをじっくり見すぎて馬券が買えなかった。しかも結果は予想通りだったのだから、悔やんでも悔やみきれない。

そこで今年は、ゆめゆめ昨年と同じ愚を犯さぬように、パノラマミックという特別観覧席を取っていただいた。

ガラス張りのレストランである。優雅に着飾った紳士淑女がフルコースの食事をとりながら、ときおり思いついたように馬券を買う。これならまちがいはあるまい。

投票所などという下世話なものはなく、レストラン席の中央にぽつんと、ちょうどレジカウンターのような売場がある。発券機は一台、係員は一人である。そんな設備でも十分にこと足りてしまうぐらい、パノラマミックの客は馬券を買わない。

第一レースからセッセとパドックに通い、エレベーターに乗って再びパノラマミックに舞い戻り、毎度熱い馬券を買っていたのは私だけだった。

フランス人はもともとギャンブルがそう好きではない。そのうえ競馬は純然たる「くらべ馬」で、ロンシャンのスタンドは勝者を祝福する社交場なのである。

そんなことは百も承知なのだけれど、三十年間も府中や中山のスタンドに通いつめた私が、郷のしきたりに従うはずはない。競馬はバクチ。しかも折からの円安で、フランには重みがある。

欧州チャンピオン決定戦である凱旋門賞は第四レース、午後三時五十分の発走である。

昨年に引き続き、かぶりつきでパドックを見る。何しろ新聞も出走表もすべてフランス語だから、さっぱりわからない。オッズはほんの申しわけ程度に、モニター画面で単勝人気の表示があるきり。むろん馬体重も公表はされない。したがって予想の手立ては、パドックの気配と返し馬しかないのである。

三頭の馬が目についた。一頭はオリビエ・ペリエ騎乗のサガミクスである。この馬は九月十三日のニエル賞で、仏ダービー一、二着のドリームウェルとクロコルージュを破っている。

いわば夏場に成長した四歳上がり馬の典型だろう。

次に英ダービー馬のハイライズズ。五戦四勝二着一回という戦績だけでも、これはただものではない。騎手はキネーンである。

もう一頭は大外14番枠のレグラ。人気はまるでないが、馬っぷりの良さは圧倒的である。大柄な馬体には無駄な肉がいささかもなく、尾はピンと開立し、いかにもノッシノッシとパドックを周回する。当日の気配という点だけで予想をするのなら、誰がどう見てもこれである。

というわけで、私は出走表の余白にこう書き入れた。

GAG.　⑧200ff　⑭200ff

JUM.　⑧⑭200ff　⑥⑧200ff　⑥⑭200ff

つまり、単勝は⑧サガミクスと⑭レグラに二百フランずつ。連勝複式はそれに⑥ハイライズをからめた三点に、各二百フランずつ。ちなみに当日の為替レートは、一フラン＝二十円強だった。

出走表にいちいち買い目を書き入れるのには理由がある。ロンシャンにはマークシートがないので、馬券はすべて口頭で買うのだが、そんなことはできるはずがない。何しろ私はフランス語の数字を、アン、ドゥ、トロァまでしか知らんのである。

気のせいか、この予想には妙な自信があった。競馬を長くやっている方は誰でもおわかりのことと思うが、べつだん合理的な理由があるわけでもないのに、「必ず来そうな気がする」という妙な自信である。

昨年もここまでは同じだった。たしか馬の馬場入りとともに一般席の投票所に向かったところが長蛇の列で、私の直前で投票が締切られたのだった。

しかし今年はちがう。私には誰も馬券を買わぬパノラマミックの席がある。テーブルからわずか二メートルうしろに、ほとんど私専用の馬券発売機が一台、私専用の係員が一人、いるのである。

パノラマミックの席でじっくりと返し馬を見、いよいよ自信を深める。

「浅田さん、ノンビリしていると去年の二の舞ですよ」

と、同行の編集者。

「ハッハッハッ、俺は同じミスを二度とはくり返さない。わざわざフランスまでやってきて、二年連続凱旋門賞の馬券を買い洩らすなどと。ほら、見てみろ。振り返ってこの出走表と金を手渡すだけで馬券は買えるんだ」

私が振り返って微笑みかければ、たったひとりの発券係は、「ムシュウ・シルブプレ」と手を差し延べるのだった。

買い目を書きこんだ出走表に五百フラン紙幣を二枚はさんで手渡す。

そのとき、まったく予期せぬ事故が起きた。一台しかない発券機が故障したのである。

「エッ！　ま、まさか。おい、何とかしろ、締切りだぞ」

単勝馬券を吐き出したまま、発券機は微動だにしなくなった。むろんパノラマミックのどこにも、他の発券機はない。

「ジュ・ヴー・ドゥマンド・パルドン……」

ごめんなさい、と係員はていねいに言った。こういうとき、ふつうの客は「サ・ヌ・フ《気にしな》エ・リヤン《いで下さい》」とか、「パ・デュ・トゥー《いいえ、いいんですよ》」とか言って笑うのだろう。だが私は、パノラマミックで優雅に競馬を楽しむふつうの客ではない。

「あやまる必要はない。ともかく馬券を売ってくれ。出なけりゃ手書きだっていい。何とかしろ！」

「ジュ・ヴー・ドゥマンド・パルドン……」

ぐったりとして席に戻ると、同行者たちは慰めることも笑うこともできずに、黙って私にワインを勧めた。

その二分後、私はロンシャン競馬場のパノラマミックで、「バカヤロー！」と叫んだ。すっかり上品になった府中や中山のスタンドですら、近ごろでは禁句とされる言葉である。しかし、これがバカヤローではなく何であろうか。

結果は一着がサガミクス、二着が人気薄のレグラ。連勝複式⑧―⑭は39・9倍の高配当だった。

昨年は時間切れ、今年は予期せぬ機械の故障で、私は二年連続して幻の凱旋門賞を体験してしまった。しかもその夜に二年連続してアンギャンのカジノでヤケクソの大敗を喫したのは、夢でも幻でもない。

ドルダー・グランド・ホテルの窓辺から望むチューリヒの美しい森は、私の荒れすさんだ心を慰めてくれる。

かくなる上は、来月のブリーダーズ・カップでの雪辱を期すこととしよう。

ラスベガスからケンタッキー

ヨーロッパ講演旅行から帰国して、時差ボケもおさまらぬうちに沖縄・九州をめぐる四泊五日のトーク・セッションとサイン会、帰宅したとたん中一日でチャーチルダウンズへと飛んだ。

その「中一日」が天皇賞当日で、第一レースから最終までベットリと府中のスタンドに張りついているというのだから、バクチ好きもここまでくれば病気である。

しかも、パリとロンドンではセッセとカジノに通い、チャーチルダウンズ行きも予定を繰り上げてラスベガス経由という次第となれば、相当の重病人と言えよう。

むろんこうした生活は今に始まったわけではなく、行動範囲こそ狭いがかれこれ三十年ちかくも同じようなマネを続けている。こんなことでよくもまあ小説家になんぞなれたものだとも思うし、何よりも健康を害さず、家庭も壊さず、さしたる人生の破綻もなく今日に至っているというのは、よほど神仏の加護があるか、前世の行状がよろしかったのであろう。

それにしても、ラスベガス経由のチャーチルダウンズ行きというのは、けだし名案であった。

体力には自信があるのだが、めっぽう時差に弱い。ことに、地球を東回りしたあとは一週間もボーッとしている。すなわちヨーロッパからは帰国後、アメリカには到着後がその調子なのである。

せっかくブリーダーズ・カップまで遠征するのだから、体調は万全にしておきたい。しかし時差ボケを解消するだけの日程の余裕はない。さて、どうする。

むりやり睡眠をとって、体内時計を調整しようとするからうまくいかないのだ。眠らないで時計を合わせればよろしい。そのためには、とりあえずラスベガスに飛び、二晩眠らずにバクチを打ったのち、丸一日を泥のように眠れば時差ボケもクソもあるまい。

と、その通りに計画を実行したところ、めでたく大成功。ブリーダーズ・カップ前日の朝には、まこと快くケンタッキー州ルイヴィルのホテルで目覚めたのであった。

それにしても、チャーチルダウンズは遠い。

おそらく世界的な大レースが開催される場所としては、日本から最も遠いのではないだろうか。

チャーチルダウンズはケンタッキー州ルイヴィル市の郊外にあるのだが、だいたいからしてそのルイヴィルというところが、地球上のどこにあるのかもわからない。ともかく南部の田舎町なのである。

私のたどった道順で説明すると、まず成田からラスベガスまでが九時間四十分、時差が十七時間。ラスベガスからデトロイトまでが四時間、時差が三時間。デトロイトからルイヴィルまでが一時間十八分。

しめてフライト時間が十五時間、時差が二十時間もあるのだから、これに乗り継ぎの待ち時間を加えれば、移動だけでもほぼ二日間がつぶれてしまうことになる。

ちなみに、この所要時間はラスベガスを経由しなくても同じである。

ということはつまり、私は天皇賞からブリーダーズ・カップまでの一週間、飛行機に乗っていたかバクチを打っていたかのどちらかなのであった。しかもなお怖ろしいことに、機上では菊花賞とエリザベス女王杯の予想をみっしりと続け、空港の待合室では同行者たちとブラックジャックに没頭した。これが病気でないとするなら、私はたぶん人間ではない何ものかであろう。

ともかく、ルイヴィルは遠かった。

これだけ遠いと、各空港に降り立つたびに四季がめぐる。砂漠の中のラスベガスは灼熱《しゃくねつ》の夏であり、ルイヴィルは身も凍る冬であった。

タイキシャトルの出走回避はかえすがえすも残念だが、無理をさせるべきではないとしみじみ思った。チャーチルダウンズまでの遥かな道は、行った人でなければわからない。

それにしても、今年のブリーダーズ・カップ・クラシックの出走メンバーは、おそらく空前絶後の顔ぶれだったのではあるまいか。

まず、現役最後のこのレースに、競馬史上初の獲得賞金一千万ドルがかかるスキップアウエー。

ケンタッキー・ダービー、プリークネス・ステークス、ドバイ・ワールドカップの覇者シルヴァーチャームは、四十八万ドルの追加登録料を支払っての参戦。

英国からはキングジョージⅥ&クインエリザベスステークスを二度勝った欧州チャンピオン・スウェイン。

四歳最強馬といわれるスピード馬・コロナドズクエスト。

今季五戦五勝負け知らずのオーサムアゲイン。

新旧のベルモント・ステークス優勝馬、ヴィクトリーギャロップとタッチゴールド。

こうしたそうそうたるメンバーに、四歳の伏兵アーチ、ご当地馬ランニングスタッグ、アルゼンチンの星ジェントルメンを加えての総勢十頭。ブリーダーズ・カップ協会のD・ヴァンクリーフ会長が、「史上最高のメンバー」と折紙をつけたのも当然であろう。

米国の競馬の祭典ブリーダーズ・カップは、一日に開催される十レースのうち、何と第四レース以降がすべてGⅠの重賞。まさしくハデこそ美徳とするアメリカの、面目躍如たるところである。

こうした発想自体が、まず日本人の常識を超えている。しかも、ケンタッキー州ルイヴィルは伝統ある馬産地とはいえ、イリノイ川に沿ったのどかな小都市。いかにケンタッキー・フライドチキンの創業地とはいえ、いかにトーマス・エジソンの生まれたところとはいえ、この田舎町で一日にGIを七連発というのはすごい。

わが国に譬えるならば、北海道の静内あたりで開催するようなものである。快挙といえば快挙、暴挙といえば暴挙、にもかかわらず当日は、箱庭のように小さなチャーチルダウンズの競馬場に、朝っぱらから八万人余りの観客が押し寄せた。

ふしぎなことには、どう考えてもルイヴィルに八万人を収容する宿泊施設はないのである。おそらく全米の各都市から、ノースウエストの臨時便が大増発され、あるいはハイウェイをブッ飛ばして大勢のファンがやって来たのであろう。

もっともラスベガス経由一泊八日でやって来る奇特な日本人もいるのだから、よく考えてみればふしぎは何もないが。

こういう具合であるから、当日のスタンドの熱狂ぶりはすさまじかった。

レースのメニューもすごいが、馬券の種類もすごい。単勝、複勝、連勝単式、三連勝単式、四連勝単式。これに加えて、配当金が数億円にものぼるという「ピック6」なる天文学的馬券もある。

こうした馬券システムが七つのGIレースのために用意されており、しかも史上最強のメンバーが揃ったメインレース「ブリーダーズ・カップ・クラシック」の一着賞金は266万2400ドル（約3億1400万円！）だというのだから、スタンドはまさに、矢でも鉄砲でも持ってこいという大興奮状態であった。

八万人という入場者数は、日本のGIレースに比べれば少ない。しかしアメリカ人はどう見ても日本人の二倍ぐらい体がデカく、声も三倍ぐらいデカいのである。そのうえ日本の競馬場では大多数を占めるジャリなどひとりもおらず、スタンドにひしめく巨漢のオヤジどもの全員が、完全にキレているのであった。

かくて私もキレた。

第七レースの「ブリーダーズ・カップ・マイル」では連単の配当が188・9倍、三連単が757・3倍、四連単が19736・7倍。要するに一ドルが二万ドルになるのである。千円が二千万円になるのである。

続く第九レース「ブリーダーズ・カップ・ターフ」では、興奮のあまりベタベタと買った馬券のうち82・2倍の連単が五十ドル的中し、思わずモロ手を挙げてバンザイと叫ぶと、周囲にいたオヤジどもが揃ってバンザイを唱和してくれた。

こんなとき日本の競馬場ならば、大いに顰蹙《ひんしゅく》を買うところだが、アメリカ人はけっして他人の幸運に嫉妬はせず、祝福をしてくれる。

2400メートルを一気呵成に逃げ切ったバックスボーイはジャパンカップに出走登録しているそうだ。配当金はそっくりそのまま、この馬に捧げることにしよう。たぶん期待に応えてくれる。

メインの「ブリーダーズ・カップ・クラシック」は、直線一気に追い込んだオーサムアゲインが快勝、今季無傷の六連勝を飾った。

巨額の追加登録料を支払い、満を持してエントリーしたシルヴァーチャームが四分の三馬身差で二着に惜敗。三着は欧州から遠征したスウェインであった。

一番人気のスキップアウェーは絶好の位置から伸びきれず六着に敗れ、史上初の一千万ドル突破は成らなかった。

ああそれにしても——再び二十時間をかけて帰国し、すでに丸一日が経とうとしているのに、未だ興奮がさめやらぬ。

一泊八日の戦績は、バックスボーイの逃げきりでほぼチャラ。グシャグシャのドルを数えおえたとたん、ドッと疲れが出た。

東京の盛り場では、アングラ・カジノなるものが隆盛をきわめているらしい。

幸いにして足を踏み入れたことはないので詳細は不明だが、ともかくビルの地下フロア等でなかば公然と、不特定の客にルーレットやバカラをやらせて金を巻き上げる。上客だと思えば高利で金を貸し、あげくのはては付け馬になって借金を取り立てる。

手口からすると、大昔から悪質な博徒が開帳する「アコギな賭場」で、むろん背後には暴力団が介在しているにはちがいないのだが、被害情報をばんたび耳にするわりには、摘発されることが少ない。もっとも摘発されたところで賭博は微罪、現金や備品は没収されるけれども、客はお説教だけ、胴元もたかだかの罰金か、よほどの常習者でも数カ月の懲役と相場は決まっている。その「胴元」にしても、実はリスク持ち回りの雇われ店長なのだから、まこと始末におえない。件のカジノは数日後から場所を替え、いやへたをすると同じ場所で何事もなかったかのように営業を再開する。

先日、昔のバクチ仲間から連絡があり、ちょいとクスブッちまったので金《こま》を回してくれ、という。へえ、おまえともあろうものが、いったいどこでどのぐらいやられちまったんだい、と聞けば、かくかくしかじか。すでにアングラ・カジノからの借金も一億数千万と言われれば、いかに古いなじみとはいえおいそれと相談に乗るわけにはいかなかった。

このアコギな賭場の実態は知らないし、また知りたくもないけれど、いやはや乱暴な話である。

バクチは天下のご法度だが、どっこいお上は競馬という天下御免の賭場を、ちゃんと用意してくれているではないか。

競馬よりカジノ、という気持ちはわからんでもない。馬券歴三十年の私が言うのだから、カジノは競馬に匹敵するくらい面白い。つまり、カジノで一億円負けるやつを必ずしもバカだとは思わないが、アングラ・カジノで一億円負けるやつの気が知れんのである。

そこで、もしかしたらその気が知れんことをやっているごく一部の読者のために、天下御免のカジノをおすすめしよう。


先日、ブリーダーズ・カップ行きのついでに、ラスベガスに立ち寄った。

マカオ、ロンドン、パリ、アトランティック・シティと、けっこう世界中のカジノを行脚している私であるのに、なんとラスベガスは今回が初訪問。考えてみればふしぎである。

カジノはたいてい旅行のついでに立ち寄るものなので、ついでがなかったといえばそれまでだが、同行者たちに「俺はラスベガス童貞なのだよ」と告げると、何もそこまで驚くことはないだろうと思われるほど仰天していた。

「浅田さんがラスベガスを知らなかったなんて、女を知らなかったと言われたほうがまだ信じられる」のだそうだ。

ともかくラスベガスは近い。

多摩地区に住む私の感覚からすると、「中山のちょっと先」である。

成田から直行便に乗り、映画を一本見て一眠りすれば、マッキャラン国際空港に到着。空港から市街地まではまさに「西船橋駅から中山競馬場」の感じ。いや、これはたとえ話ではない。所要時間はせいぜい十分か十五分ぐらい、タクシーの料金も十ドルかそこいらなのだから、おそらく世界で一番便利な飛行場ではなかろうか。

それもそのはず、ラスベガスはカリフォルニア州からネバダ州にかけて拡がるモハベ砂漠のまっただなかに出現した人工の都市なのである。十九世紀にはソルトレイク・シティからカリフォルニアに移住する人々のオアシスだったものが、二十世紀初めのユニオン・パシフィック鉄道の開通、さらに一九三〇年代のフーバー・ダムの建設によって、ようやく人が定住するようになった。つまり、もともと何もない砂漠のまっただなかなのだから、空港が遠いはずはない。

ラスベガスは近い。近いうえに安い。

どのくらい安いかというと、驚くなかれ近ごろ軒並値下げした正規航空運賃で、往復チケットが七万円台である。これは日本国内の遠距離と同じ。

安いのは運賃ばかりではない。ホテルのルーム・チャージは、ちょっと日本人の常識にかからぬぐらい安い。

百ドルも出せば一流ホテルのデラックス・ツイン。東京のほぼ三分の一程度と考えてよく、もちろん設備もサービスも一流シティ・ホテルなみである。

食事は安いのを通り越して、ほとんどタダ同然。どのホテルにもバフェと呼ばれる食べ放題のレストランがあり、値段はせいぜい十ドル止まりなのだから、ギャンブラーにとっては勘定のうちにも入らない。しかもこのバフェ以外に、世界中の味覚を競うレストランが軒をつらねており、すべてが定食価格なのである。味もけっして悪くはない。むしろアメリカ人の味覚水準からすると相当ハイレベルであると断言できよう。

近い、安い、旨い、もうひとつラスベガスのコンセプトは、デカい。

ホテルの規模は三千室なんて当たり前、MGMグランドは五千室、ただいま建設中のヴェネチアンが完成すれば六千室を越すという。

部屋数だけではなかなか想像できないので、東京都内のシティ・ホテルを例に挙げると、最大級の高輪プリンスホテルが一六六九室、ホテルニューオータニが一六〇〇室、京王プラザホテルが一四五〇室、帝国ホテルが一〇五九室である。つまり、これらの大ホテルを全部たしても、まだヴェネチアンより小さいことになる。

こういうバカバカしいぐらいデカいホテルが、ストリップと呼ばれる大通りの両側に林立している。ちなみにストリップの意味はご存じ「脱ぐ」であるが、ここでは当然「剝ぎとる」と訳すべきであろう。つまり、「オケラ街道」である。

ホテルの一階はすべてカジノ。このデカさもなかなか口では説明ができない。ともかく何坪とか何平方メートルとかいう基準には当てはまらず、ガイド・ブックの表現をそのまま借りれば、MGMグランドのカジノは「アメリカン・フットボールのコート四面分」なのだそうだ。

そう言われても、アメリカン・フットボールを知らないのだから理解のしようもないが、要するに「地平線が見えるくらい」である。

その巨大な空間は、ルーレット、バカラ、ブラックジャック、ポーカー、クラップス、スロットマシン、ポーカーゲーム・マシンなど、およそ思いつく限りのバクチで埋めつくされている。また、どうしてもカジノより競馬と言い張る人のためには、全米の馬券が買えるレース&スポーツベッティングコーナーも大盛況である。

近い、安い、旨い、デカい。

さらにもうひとつ、ラスベガスの偉いところは、「安全」である。

たいへん意外なことではあるが、ラスベガスは「世界一犯罪率が低い都市」なのだそうだ。

人口百万人、年間の客数三千万人といわれるこの都市は、たしかにふしぎなくらいの安心感がある。

いったいどういうシステムでこれほどの治安が維持されているのかは知らない。べつにとりたててポリスやガードマンが警戒しているわけではないのだけれども、まったく犯罪の匂いがせず、一日じゅう安心して過ごせるのである。

だから、ホットでクレイジーな雰囲気にもかかわらず、目を血走らせたギャンブラーがいない。カジノもストリップもホテルも、ちりひとつ落ちていないほど清潔で、いわんやうらぶれたホームレスなど、影も形も見当たらぬ。

「バクチとは何か」を追求してきたギャンブラーたちが造り出したパラダイス。それがラスベガスである。

そこには、バクチとはかくあるべしという結論が、もののみごとに具体化されている。

非合法のアングラ・カジノで散財をするくらいなら、ラスベガスに行ったほうが賢いにはちがいないが、私はべつに、そんな短絡的かつ浅慮を述べているわけではない。ラスベガスに行けば、人類が長い時をかけて築き上げた、壮大なバクチのありようを見ることができるのである。まさに、目からウロコが落ちる思いである。

少なくとも四、五日の余裕をとって、ときにはプールサイドで午睡をし、世界中の逸品が揃うショッピング・アーケードを覗き、テーマ・パークでつかのま童心に帰り、ショーを見る。カジノは二十四時間、いつでも開いている。

そんな優雅な時を心ゆくまで過ごしても、まさか一億円は負けない。いや、旅行予算すべてひっくるめても、二十万円で十分に堪能できるのがラスベガスなのである。

——と、いくら何でもここまで書けば、次回からはどこかのホテルがスイート・ルームをプレゼントしてくれるか、さもなくばディーラーが多少の手心を加えてくれると思うのだが……。

遥かなり、中山

正月五日の金杯から変則四日間の中山競馬を皆勤。本年の競馬三昧もまずは順調なスタートを切った。

例年のことではあるが、この「新年四日間皆勤」というのはあんがい難しい。これをなしとげるか否かが、競馬好きの尺度であるとも言える。

一月の五日、六日はいわゆる「仕事始め」である。小説家だってこの日には、「月刊誌の二月号締切」という仕事始めが待っている。したがって長駆中山競馬場まで金杯を観戦に出かけるためには、四日までに原稿を仕上げていなければならないから、大晦日も元旦も返上という次第になる。

また、この五日、六日には年始の客もやってくる。競馬のためにこれらをことごとく拒否するには鋼鉄の意志が必要なのである。

つまり私に限らず四十も半ばを過ぎた男なら誰だってそうなのだが、一月の五日、六日の丸二日間を競馬場で過ごすということには、社会人としての良識がかかっている。はたからどのような誹《そし》りを受けようと、女房子供から軽蔑されようと、おのれのプライオリティ第一位は常に競馬であると決めていなければ、この客観的暴挙を達成することはできない。

さらにこの暴挙が中二日あけて九日、十日もまた続くとなれば、鋼鉄の意志もさらなるダイアモンドの意志でなければならない。この意志とは、すべての良識的要請を「バカヤロー!」の一言で粉砕することである。

かくて私は今年も、競馬のためにいいい元日から書斎にこもり、年始の挨拶もことごとく拒否して、変則四日間の中山競馬に皆勤したのだった。

しかも相互発売の関西分も含めての全レース参加で収支はほぼトントン。誰に何と言われようが、順調なスタートである。

一月の五日、六日は、正月とはいえ年に一度きりの平日開催。競馬場に向からにしても、ちと勝手がちがう。「通勤快速」の車内は、気分も新たに会社へと向かう良識人で満員。その中にただひとり、双眼鏡をぶら下げて競馬新聞を開く。

何しろ通勤ラッシュの電車に乗って競馬に出かけるのは、一年のうちでこの二日間だけなのである。ということは、車内の善男善女たちは競馬オヤジの実体を知らない。いかにもろくでなしを見つめる視線が私の上に集中する。

もとより鉄の意志を固めて家を出たのだが、ここに至ってはツラの皮まで鉄でなければならない。ともかく西船橋までの二時間を、馬券検討に費さねばならないのである。

人々の視線を避けて、この日ばかりは武蔵野線をぐるりと一周して船橋法典駅に至る、などという気弱な考えはもってのほか、新宿からは中央線に乗り、さらに御茶ノ水で総武線に乗り換えるという正面突破を試る。

秋葉原、浅草橋を過ぎれば、通勤客はほとんどいなくなり、一挙にすいた車内には競馬オヤジだけがちらほらと残る。

ひとりひとりの顔を観察すれば、なるほどどれも甲乙つけがたいろくでなしだ。


それにしても中山は遠い。

ホーム・コースである府中のそばに住んでいる私にとって、中山競馬場はローカル遠征とさして変わらぬ感じがする。

大宮から新幹線を利用すれば福島までは一時間ちょっと。ということは、家の玄関を出てからの所要時間は、中山も福島も同じなのである。もちろん新潟だって、そうは変わらない。

しかも福島や新潟ならば、当然ゆっくりと温泉に浸って一泊二日の気儘な旅打ちになるのだが、まさか中山に泊まりがけという気分にはなれないから、片道二時間、二日間の往復でつごう八時間の膨大な時間と体力を消費する。

朝は六時半に起床して七時出発。帰りはお茶の一杯も飲まずにまっすぐ帰途についても、家にたどり着くのは七時を過ぎる。

そこでひとつ提案なのだが、府中競馬場近辺に住む熱烈なファンのために、府中本町発ノンストップ船橋法典行という臨時列車を走らせてはくれまいか。

それが無理なら、新宿発成田エクスプレスの西船橋駅臨時停車はどうだ。

だめか。

だいたいからして、京王線は競馬ファンのためにわざわざ東府中から支線を引きこみ、競馬場前の駅を作って、開催中には新宿から臨時列車まで仕立ててくれているのである。昨年の有馬記念当日には、場外ファンのために「場外特急」まで走らせてくれた。にもかかわらず、かつてはJRAと同じ親方日の丸であったJRが、中山開催について何の配慮もしないのはちとおかしい。

JRAの売上金の一部は国庫に収まるのだから、間接的にはJRもその恩恵に浴しているのであろう。だとすると、中山のスタンドから船橋法典駅までのあの気の遠くなるような地下道の長さは、どう考えても不親切である。

今さらあれを何とかしろとまでは言わないから、せめて府中本町発船橋法典行臨時特急「サイレンススズカ号」、もしくは新宿発成田エクスプレスの西船橋臨時停車特急、通称「ナリタブライアン号」を走らせてくれ。

やっぱりだめか。

実は昨年、府中から中山に行くためには、どのルートが一番早いかという研究をした。ヒマなわけではない。マメなのである。

関西および地方の読者の方には退屈な話かも知れぬが、まあ聞いてくれ。

近ごろ東京都内の交通機関は、あたかも肝硬変をきたした細胞のごとく、ほとんど無意味に増殖している。根っからの江戸っ子である私にさえ、何が何だかわからぬほど複雑なのである。

府中から中山に至る主なルートは、ざっと考えただけでこれだけある。

①府中本町――（ＪＲ武蔵野線）――船橋法典
②府中――（京王線）――新宿――（ＪＲ中央線）――御茶ノ水――（ＪＲ総武線）――西船橋
③府中――（京王線）――新宿――（ＪＲ中央線）――東京――（ＪＲ総武線快速）――船橋
④府中――（京王線）――笹塚――（都営地下鉄新宿線）――本八幡
⑤府中――（京王線）――笹塚――（都営新宿線）――九段下――（地下鉄東西線）――西船橋
⑥府中――（京王線）――笹塚――（都営新宿線）――馬喰横山――（都営浅草線・京成線）――東中山

①は明らかに大回りだが乗換がない。
②は大昔からの古典的ルート。
③はともかく駅は飛ばすが乗換が不便。
④は最も新しいルートでほとんど利用する人はいないが、あんがい早い。
⑤は私見では遅いと思うのだが、なぜか支持率が高い。

る。
⑥はちょっと考えづらいが、うまいぐあいに乗り継げば大穴。
むろん、これらのルートは複雑に絡み合っているので、複合ルートもさまざまに考えられる。

仮に六人の私が同時に家からスタートして、それぞれのルートをたどったとすると、誰が一番先に中山のスタンドに到着するのであろうか。

昨年はすべてのルートを試てみたのだが、どうしても結論が出ない。たぶん②が◎、⑤が〇、⑥が▲、③が☆、①と④が△だと思うけど……。

何はともあれ、中山への交通は不便すぎる。


こんなことをグズグズ言うくらいなら、私の家とは目と鼻の先の府中に通えば良いのである。今や東京競馬場は非開催中でも巨大ウインズと化している。

しかし、冬場の競馬はパドックを見なければ怖くて馬券が買えない。

たしかにテレビ・モニターでもそこそこの観察はできるが、この季節の最大のポイントである「毛ヅヤ」がわからないからである。

同じ馬体重増でも、絞りきれぬブタもいれば、たくましく筋肉をつけた成長馬もいる。冬毛がムク犬のごとくフサフサと延びてしまった馬は、まず用なし。こういう細部が、場外のテレビ・モニターでは皆目わからない。

ことに昨今のように除外馬続出の出走ラッシュとなると、くじ引きで出走権を得た馬のすべてが勝負がかりではないのである。出走態勢などまったく整っていないのに、とりあえず登録し、出走できることになったからともかく回ってくる、という馬が多いような気がしてならない。

古来言われているような、「出てくるからにはどの馬にも勝ち目がある」という考え方は、今や誤りなのだろう。

と――ここまでつらつらと述べてきた諸問題を一挙に解決する方法を、突然思いついた。

そうだ。こうなったら府中と中山、同時開催というのはどうだ！

ぼくのスペシャル・ランチ

正月が過ぎて、お馬さんたちがようやくわがホーム・コースに戻ってきた。

わが家は東京競馬場のそばである。とにもかくにも、中山まで片道二時間の「通勤」をしなくてすむと思えば、ことさら週末が待ち遠しい。

やはり府中が私にとっての「ホーム」で、中山は「ロード」なのである。

開門と同時にいそいそと指定席に向かい、パドックを見おろす四階の「シルバー梅八」でモーニング・コーヒーを飲む。人の世のしがらみから離れてほっと息をつく、私にとっての至福のときである。

勤続三十年といえば、穴場のおばさんの中にも、食堂の店員さんの中にも、そうはいらっしゃるまい。ということはもしかしたら、私は東京競馬場のヌシみたいなものであろう。

初日の土曜日、「シルバー梅八」のスペシャル・ランチを食べながら、ふと思った。

俺はいったいこの昼メシを、何回食っているのであろう、と。

スペシャルと言ったって、何も特別に豪華なものではない。ハンバーグとエビフライの盛り合わせにフライド・ポテトが付いた、簡単なランチである。私はほとんど習慣的に、東京競馬場での昼食はこれ、と決めている。

何回食ったかはわからないけれども、ともかく私が四十七年間の人生のうちで、最も多く食べたメニューであることに疑いようはない。開催中のほとんどの昼食がこれなのだから、年間ざっと四十食のスペシャル・ランチを食べている計算になる。

これにわが競馬歴を掛けると気の遠くなるような数字になって、とてもこんな話は母にも妻にも語れない、という気がする。

ちなみにその長い歴史の間、エビフライは小二本が大一本に変わり、ミックス・ベジタブルのソテーがフライド・ポテトになり、ライスの盛りがよくなった。

なぜ私がこのメニューにかくも固執するのかというと、安心できる味だからである。はっきり言って、格別にうまいとまでは言わない。しかし、競馬場の食い物としてはきわめて納得できる。つまり、日本全国津々浦々、競馬場の食事はおしなべてまずいのだが、このスペシャル・ランチだけは、けっしてまずくはない。毎週の連続喫食に耐えうる、唯一のメニューであると言える。

ところで、競馬場の昼食について不満を抱いているファンは、存外多いのではあるまいか。高くてまずいのは承知のうえだが、場内の食堂のメニューはふしぎなくらい変わることがない。だから何十年も競馬場に通いつめているファンは、私にとってのスペシャル・ランチのように安心できるメニューを決めて、そればかりを食うはめになる。同じメニューを何十年も並べ続けるというのは、社員食堂か学生食堂の感覚である。うまいのまずいの、高いの安いのという以前に、サービス意識がまるでない。

もっとも、競馬場に何十年も通い続けるファンのほうが珍しかろうから、さして苦情は出ないのかもしれないが。

昨年ラスベガスに行ったとき、食事と飲物のサービスのよさには感心させられた。食通どのホテルのカジノにも、世界各国の料理を供するレストランが軒をつらねている。食通をうならせるような本格的フランス料理の店があるかと思えば、十ドルで食べ放題というビュッフェもある。飲物はウェイトレスにチップを一ドル渡すだけでよい。

考えてみれば、鉄火場で酒食のもてなしをするのは当たり前なのである。胴元はテラ銭のアガリで儲けるものであって、それ以外の収益を考えるのは外道《げどう》というものであろう。場内での飲食は、客に対する純然たるサービスでなければならない。

バクチで負けたうえに高くてまずいものを食わされ、しかもそれを食うために長蛇の列を作らねばならないというのは、まこと不条理である。こんな思いまでしてバクチを打たねばならないのかと思えば、みじめな気分になる。

まさかラスベガスなみのサービスをしろとまでは言わないが、メニューを変えるくらいの企業努力はしてほしいものである。

若い時分、しばしば公営競馬場に足を運んだ。安くてうまいものを腹いっぱい食べることが、目的のひとつでもあった。

ことに大井競馬場のサービスぶりは縁日のようなにぎわいで、その目的のためだけに入場料を払っても損はないというほどであった。いちど中央競馬しか知らぬ友人を大井に連れて行ったら、何よりもまず食うことに夢中になってしまい、ろくすっぽ馬券を買わなかった。鉄火場の正しいサービスとは、そういうものでなければならない。

競馬とはそもそも、ファンにとってもハングリー・スポーツなのである。パドックとスタンドをセッセと往復し、大声をはり上げ、バンザイをしたり、地団駄を踏んだりする。ものすごく腹がへる。にもかかわらず、昼食時には満足なものが食えず、レースの合間に利用できるスナック・コーナーも少ない。腹をすかしてバクチを打つというのは、みじめであるうえに、体にも毒であろう。

では、こうした競馬場内の食事の事情が外国ではどうなのかというと、多くの場合は日本のそれよりもひどい。

欧米の競馬場はどこも「貴族」と「平民」がきっぱりと分かれており、ごく一部の貴族席ではフルコースのランチが供されるが、一般席にはほとんど食い物がない、というのが実情である。

しかも競馬場そのものが市街から離れているので、場外に出たところで店などはない。したがってロンシャン競馬場の一般ファンは、みな判で捺したように、カチカチのフランスパンにハムかサーモンを挟んだサンドイッチを食べており、チャーチルダウンズの「平民」たちは、ホットドッグかポップコーンを食べている。それしかないのだから仕方がない。

もっとも日本のように朝の十時にファンファーレが鳴って、一日に十二レースも行われるわけではないから、その程度の軽食でも用は足りるのであろう。

その点、香港はなかなかのものである。驚くべきことに、シャティン競馬場には一階スタンドのホーム・ストレッチに、屋台村がある。

テントを張り、ワゴンを組み合わせて、ワンタンや饅頭や揚げ菓子などを山のように売っている。中国人の食に対するこだわりはずば抜けているから、むろんこれらのスナックは安くてうまい。

イギリスゆずりの「貴族席」の食事もフルコースではなく、食べ放題のビュッフェ・スタイルである。この味がまた何ともはや、一流ホテルなみにうまい。

競馬場の食事に関しては、まちがいなく香港が世界一であろう。日本の競馬場はコースの規模こそヨーロッパには及ばないが、スタンドは格段に大きい。その余裕はファンの腹を満たすために有効利用されるべきである。ローカル競馬場に地方物産の屋台村がないというのは、むしろふしぎな気がする。

高い。まずい。混雑する。メニューが変わらない。おまけにサービスが悪い。

そういう食堂の昼メシを三十年も食い続けている私は不幸である。かと言って、まさか女房の手弁当を提げて競馬に出かけるわけにもいかないし、すっかり面の割れた近ごろでは、弁当を買ってコソコソ食べるのも気が引ける。かくて私は、きょうもまた飽きもせずに「シルバー梅八」のスペシャル・ランチを食うことになる。

習慣というのはおそろしいもので、第五レースが終わると他の選択肢などつゆとも思いつかずに、まっすぐ四階に上って行列に並ぶ。もちろん、ショウ・ウィンドウの中のサンプルなど目にも止まらない。行列の進むまま食券売場に着いたときには、まったく習慣的に「スペランとコーヒーね」と言う。

何しろ私が生まれてこのかた、最も多く食べた食いものである。うまいとかまずいとかいうレベルではなく、安心感がある。

このごろ競馬場に妻を伴うことが多くなった。べつに四十を過ぎて、亭主の道楽に感染したわけではない。共同所有の持ち馬が増えたので、出走のつど「わが家のペット」を見に行くのである。

「俺はこのスペシャル・ランチを、週に二度も食べているんだよ」

他意なく言ったつもりの一言が、どうやら妻をいたく傷つけたらしい。なにしろ私は、妻のお得意メニューのどれにも増して、スペシャル・ランチを多く食べている。

「ふうん。よく飽きないわね」

と、妻は冷ややかに言った。

失言であった。よもや妻は、私が三十年間も食い続けているメニューが、家の外にあろうとは思いもしなかったのであろう。

これは一種の不倫であろうか。だが安心できるものはこれしかないのだから仕方がない。もし年を経て、今生のなごりに何を食いたいかと医者に問われれば、誠に申しわけないが、私は「家内の手料理を」とは言わない。たぶん迷うことなく、こう言うであろう。

「『シルバー梅八』のスペシャル・ランチが食いたい」、と。

オーストラリアの健全カジノ

浪人生の一人娘がめざす大学に無事合格したので、嬉しさのあまり「どこへでも連れてってやるぞ！」と口走ってしまったところ、ある日ふいに旅行会社のセールスマンが訪ねてきた。

うち続く不景気のせいで客も少ないのであろう、熱海や箱根への家族旅行の説明にわざわざ人が出向いてくれるのか。

と思いきや、セールスマンが持参した見積書はあろうことか「オーストラリア十日間」の壮大な企画であった。

「ハッハッハッ、冗談はよせ」

と笑い飛ばしたとたん、家人、母、娘、知らないセールスマンの全員から、あらん限りの罵声を浴びせかけられた。

「どこへでも連れてってやるって言ったじゃないの！」

言った、たしかに言った。ただしそれは納税地獄と締切り地獄にあえぐ私の許容範囲以内で、というほどの意味である。つまり、関東甲信越せいぜい伊豆七島への一泊二日という程度の「どこへでも」であって、まさかグレートバリアリーフとかゴールドコーストでもよいなどと言ったわけではない。

「説明が足らなかった点はわびる。だがしかし、箱根とオーストラリアとの間にはあまりに飛躍がありすぎる。この際、説明不足のペナルティーも含めて、北海道か沖縄あたりでどうだ」

私の妥協案は説得力に欠けていた。なぜなら私は「エッセー執筆のための取材」という妙な理由をつけて、年に五回ぐらい世界中の競馬場とカジノを駆け回っているのである。

娘は春から地方都市の大学へ行く。医学部であるから六年は帰ってこない。

「パパ……もしかしたらこれが、最初で最後の家族旅行かもしれないのよ」

などと娘に言われれば、たちまちグッと胸が詰まってしまい、ついに私は「オーストラリア十日間」の大盤ぶるまいに踏み切ったのであった。

「ただし、毎晩カジノには通わせてもらう」

私からの要望はこの一点のみであった。何といういじらしい父親であろうか。

べつにオーストラリア政府観光局と暗いつながりがあるわけではないので、旅行に関するミーハーな解説は避ける。

多少なりとも健康に懸念があり、にもかかわらず日ごろからオーバー・ワークでストレスによる神経症の傾向も見うけられ、さらに家庭を顧みぬ罪ほろぼしのために家族を海外旅行に連れて行かねばならぬ気の毒なオヤジにとって、オーストラリアは最適な旅先である。

まず第一に、日本との時差がわずか一時間である。年齢とともに身に応えるのは飛行時間よりも時差ボケであることは誰も同じ。何よりも前後の仕事に支障をきたさない。

次に、まったくストレスのかからない国である。なにせ日本の二十二倍という、北米や中国なみのバカでかい国土に、たった千七百万人しか人間がいない。しかもそのうち五百万人がシドニーとその周辺に住んでいるというのだから、全土がスカスカの国なのである。

もうひとつ、当然のことながら国民性はおおらかで呑気このうえなく、治安がたいそう良いので女房子供を勝手に遊ばせておいても何ら不安はない。つまり、「おまえらはそこいらで泳ぐなり買い物をするなり、コアラやカンガルーと遊ぶなり勝手にしろ。パパはカジノへ行く」というような暴言が、ここでは可能なのである。

かくて私は、家長としての責任を果たしつつおのれのストレスも解消し、かつ心ゆくまでバクチも打つという夢のような旅に出たのであった。

かえすがえす、私はＪＡＬやカンタスの回し者ではないので、オーストラリアの明媚な風光などについては語らない。むろん読者の求めるところはただひとつであろう。

オーストラリアには各都市に一カ所の立派なカジノがある。競合相手のない一軒だけの独占営業という点は、ちょっとヤバい感じもするのだけれど、なぜか一軒なのである。

今回の旅ではグレートバリアリーフの玄関口であるケアンズ、世界の高級リゾートであるゴールドコースト、そしてシドニーと十日間をかけて巡ったが、どこにも一夜を堪能させてくれるゴージャスなカジノがあった。私の場合、はっきり言ってこれさえありゃ何も文句はないのである。

ケアンズは十五分も歩けば市街地をつき抜けてしまうほどの小さなリゾート地で、珊瑚の海と熱帯雨林に囲まれた常夏の楽園である。私の指定したホテルはもちろん、「ザ・リーフホテル・カジノ」。ラスベガスなみに一階フロアがカジノになっている。ただし、規模はあんがい小ぢんまりとしており、妙な清潔感が漂っていた。

私はこの「妙な清潔感」が苦手なのである。マカオのように猥雑すぎるのも嫌いだが、清潔すぎるのもまた闘志が湧かない。この点については近ごろのJRAの設備にも同じ印象を受けるのだが。

カジノの中をひとめぐりして、この清潔感の原因がわかった。テーブル・ゲームのワンチップのレートが、どれも二ドルなのである。一オーストラリアドルは七十円。チップ一枚がたった百四十円というバクチは、あまりにもセコすぎる。当然、ハイローラーは存在しない。全員ニコニコしながら、罪のないバクチを打っている。

むろん、百四十円のチップを山のように張るのは勝手だが、そんなことを一人でしようものなら、たちまちディーラーの餌食にされてしまう。

一方のマシン・ゲームはレートが一ドル。これはパチンコ以下ということになる。

まあ、小さな町だからこんなものなのだろうと、三日間を百ドルのやりとりで過ごした。

ゴールドコーストは世界有数のリゾート。ここなら力いっぱいのバクチが打てるにちがいないと、到着したとたんに家族をシェラトンのプールサイドにうっちゃらかしてカジノへと走った。

市街地の南端にあるコンラッド・インターナショナル・ホテルの一階がカジノ。これはデカい。デカいということは当然バクチもエキサイティングであろう、と思いきや、やはりこのカジノも清潔感に溢れていた。

オーストラリアは平和な国なのである。自給自足ができるという豊かな資源と広大な国土を背景にした、大福祉国家でもある。要するにこの国では罪深い遊びをしてはならないらしい。

ここでも私は、三日間をせいぜい二百ドルのやりとりで過ごしたのであった。

シドニーに到着したとたん、家族をサーキュラーキーの波止場に置き去りにしてカジノへと走った。

聞くところによれば近ごろ、スターシティ・カジノという豪州最大のカジノがオープンしたそうだ。「ホット・アンド・クレイジー」だと、タクシーの運転手も言っていた。何と頼もしい言葉であろうか。

ダーリング・ハーバーの向こう岸にそそり立つスターシティは、ラスベガス級のデカさであった。

さすがにここのルーレットには、あこがれのハイレートがあった。だがしかし、ハイレートといってもたかだかワンチップ十ドルである。つまり一枚七百円。ケアンズとゴールドコーストですっかり貧乏バクチに慣れてしまった私にとっては、それですらあこがれのレートだった。

思い起こせば三カ月前、ラスベガスのシーザーズパレスで、一ベット百ドルという罪深いポーカー・ゲームに挑んだ。つまり〇・何秒の勝負に最低一万二千円を賭けねばならぬマシンである。フォーカードが出て賭け金が六十倍になり、そこでバンザイをせずに、当たればさらに倍、はずれればゼロという恐怖の「ビッグ・オア・スモール」を三回ぐらい叩く。頭の中は真っ白、総身に鳥肌が立ち、へたすりゃ小便をチビる。「ホット・アンド・クレイジー」なカジノとはそういうものなのだ。

それにしてもオーストラリアは平和な国である。信じ難い話だが、預金金利が四パーセントも付いて、二千万もあれば郊外にプール付きの豪邸が建つという。そういう国に住む人々にしてみれば、ワンチップ七百円のルーレットも「ホット・アンド・クレイジー」なのであろう。

結局、中国人と日本人ばかりが群がるハイレート台で二夜を過ごし、勝った負けたもせいぜい何万円かの話であった。

ところで、わがJRAも健全で清潔な競馬をめざしているのであろうか。

むろんそれはそれでけっこうなことではあるけれども、「健全で清潔なバクチ」という文句には何となく猥褻《わいせつ》さを感じる。例えていうなら「ダイエット・シュガー」や「減塩醬油」の猥褻さである。

どだい瞬時にして行われる金のやりとりが健全なものであろうはずはなく、本質を欺く遊びが面白いはずはない。

健全かつ清潔なオーストラリアのカジノは、十八歳から入場できる。いきおい場内は五ドル札を握りしめた少年たちで賑わっていた。彼らは日本の少年たちがゲームセンターに群がるように、カジノへと通いつめているのだろう。本質を欺いた「健全なバクチ」のせいで、彼らは生涯、人生の賭けに参加できなくなるのではなかろうかと、私は危惧した。

ドバイ。星と砂の国

ドバイ・ワールドカップ観戦のため、とうとう遥かなる砂漠の国、アラブ首長国連邦にまで足を延ばした。

ドバイという国の名は、競馬をやらぬ善男善女はまず知らないであろう。

アラビア半島の東岸、砂漠と海とに囲まれた都市国家である。周辺の七つの部族国が集合して、アラブ首長国連邦（ユナイテッド・アラブ・エミレーツ）を形成している。連邦総人口は二百六十万、うちドバイは七十万であるが、アラブ人は三分の一にすぎず、国民の過半はインド、フィリピン、バングラデシュ等の出稼ぎ労働者であるという。ということは噂にたがわず、アラブ人は全員がオイル・マネーに支えられた王侯貴族と資産階級なのである。

はっきり言って、大金持ちの国である。しかも、石油の初産出は一九六四年だというのだから、こわいぐらいの大成金国家ということができよう。その有様がどのようなものであるか、本物の金持ちを見るための旅に出かけても決して損はない。

無税国家である。王様は腐るほど金を持っているので、国民から税金を取るなどというみっともないマネはしない。アラブ人たちはコーランの教えに順《したが》い、「収入の二・五パーセントを貧者のために施す」のだそうだ。貧者というのは一般労働に従事する他民族のことであるから、つまりこの国には「給料」という概念もあまりないらしい。

砂漠の中を縦横無尽にハイウェイが走り、超高層ビルが建ち並び、海岸は豪華なビーチ・パラダイスである。ゴールド・スークと呼ばれる下町に足を運べば、そこは目もくらむような黄金にうずめつくされており、おのれが日ごろいかに卑小な生活を送っているのかを思い知らされる。

世界の名馬が参戦するドバイ・ワールドカップの賞金は五百万ドル。それだけでもギョッとする金額だが、なお驚くべきことにここではイスラムの戒律に順い、馬券なるものをいっさい売っていない。つまり、売上はゼロなのである。

王様は国民の娯楽と競馬の文化のために、華麗なるナド・アルシバ競馬場を作り、世界の名馬を招いて較べ馬をする。そして収入の根拠が全くない五百万ドルの賞金を、ポンと出すのである。

イスラム圏に旅をするのは初めてであった。

私の場合、家の宗旨は浄土真宗であり、母は神主の娘であり、通った学校はミッション・スクールであった。で、子供のころには毎朝神棚に向かって柏手を打ち、仏前でご先祖様に線香をあげ、登校したとたんに讃美歌を唄うという、きわめて無節操な生活を余儀なくされていた。ために長じてはたちまち天罰が下り、神も仏もない人生を送るはめになったのである。

それにしても、イスラム教とは縁がなかった。

ドバイは今も厳格なイスラムの戒律のもとにある。したがって、私のみならず元来が宗教的節度に欠ける日本人は、全員がカルチャー・ショックを受ける。

世界中の観光地がスタンダード化し、どこへ行っても日本人の身丈に合ってしまう今日では、カルチャー・ショックを受けることが少なくなった。その点でも、ドバイへの旅は価値がある。

カルチャー・ショックとは、だいたいこのようなものである。

①酒が飲めない。

私は幸い下戸なので何の不都合もなかったが、町なかに酒場というものがないのである。むろん酒を売っているところもなく、レストランで酒が出されることもない。ただし、外国人の宿泊するホテルの中だけは、宗教的治外法権が認められている。

②バクチが打てない。

ギャンブルはご法度である。したがって競馬場に馬券窓口は存在せず、ひそかに期待していたカジノなど、影も形もなかった。

③アラブ人女性とは、みだりに口をきいてもいけない。

アラブの女性はみな、カラスのごとき黒衣をまとっている。いくら珍しいからといって、話しかけたりカメラを向けたりしようものなら一悶着おこる。それくらい貞淑なのである。したがって売春などはもってのほか、せいぜいベリー・ダンスでも見物して拍手喝采をする。

要するに、「飲まず、打たず、買わず」というのが、しごく客観的なイスラムの戒律であるらしい。そのほかにもこと細かな禁忌はいろいろあるのだろうが、観光客にとってこの三点はまこと信じ難いカルチャー・ショックである。

ふしぎなことには、それでも世界各国から観光客は押し寄せる。

涯《は》てしないアドダフラー砂漠の地平に夕陽が沈むころ、ジープを駆ってアルマハ・デザート・リゾートに向かった。

走ること一時間半、突然一木一草とてない砂漠のただなかに、瀟洒なアラビアの王宮が現れる。ゆったりと起伏する砂丘にはコテージが散見される。

宮殿のテラスのデッキ・チェアに身を横たえると、南アフリカ連邦から出稼ぎに来ているという白人の美少女がアイス・ティーを運んできた。聞くところによれば、お国ではアパルトヘイト撤廃の反動で、白人の職場がなくなってしまったのだそうだ。

祖父母はオランダ人の富豪だったのだが、私はオランダという国には行ったこともないと、少女は悲しげに言った。

見上げれば満天の星空である。王宮のテラスには星と砂と、乾いた風しかなかった。

そのときふと私は、イスラムの戒律に縛られたこの国に、多くの観光客がひきもきらず訪れる理由がわかったような気がした。

われわれは文明という造りものの世界で暮らしている。もしくは文明と信ずる世界に暮らしている。そして煩悩を充足させることが快楽なのだと決めている。星と砂と乾いた風。よるべない少女の嘆き。この一夜に魅せられて、人々はここにやってくる。

ドバイ・ワールドカップは三月二十八日、星空のナド・アルシバ競馬場で開催された。それにしても馬券というものの存在しない競馬場の、何と清らかなことか。巨大なスタンドはアラビアンの純白の衣装にうめつくされている。そして彼らはみな、レースに金を賭けるということを知らない。では何のために集まっているのかというと、つまり太古から砂漠の民ベドウィンとともにあった、たくましく矜《ほこ》り高い馬たちを祝福するためなのである。

第一レースの発走は午後五時五十五分。ダートの2000メートル、純血アラブ種による「ザ・ドバイ・アラビアン・クラシック」である。

以降はサラブレッドのレースとなり、第四レースが賞金総額五百万ドル、優勝賞金三百万ドルのかかった、ドバイ・ワールドカップ。

一番人気はアメリカのシルヴァーチャーム、3・0倍。むろんこのオッズはロンドンのブックメーカーが勝手にそう言っているだけで、ドバイ国民には縁もゆかりもない。

ちなみに以下のオッズは、二番人気がご当地の皇太子シェイク・ムハンマド殿下の所有にかかるハイライズ、3・5倍。三番人気がアメリカのヴィクトリーギャロップ、4・0倍と続く。

レースを制したのはロンドン・オッズが12倍をつけていた「穴馬」、アルムタワケルであった。聞き覚えのない名前は、何でもアラブ語で「神の意のままに」という意味だそうで、持主はシェイク・ムハンマドの兄君である。

スタンドの興奮、レース後の祝福と歓喜は大変なものであった。

ところで、ドバイ政府の招待で一週間の大名旅行をさせていただいた以上は、競馬のみならずこの国のすばらしさを力説しておかねばならない。

ドバイは掛け値なしのスーパー・リゾートである。現在のところ日本からの直行便がないのでアクセスは少々悪いが、そんなことはものの数ではない。

何しろ無税国家であるから世界一のお買い物天国、ことに貴金属類はびっくりするほど安い。治安に関してもノー・プロブレム。食べ物もまことにうまい。

何よりも変に観光地化していないのがいい。もともとが豊かな国であるから、必要以上には観光客に媚びないのである。かと言ってアラブ人は日本の武士を彷彿とさせるほど礼儀正しいので、不愉快な思いをすることがない。世界のあちこちで日本語だらけのサービスにうんざりとしている向きにとっては、実に好感が持てる。

星と砂。乾いた風。穏やかで澄んだ海――もし将来、母国を離れて永住する土地を選べと言われたら、私はたぶんこの国の名を答えるだろうと思う。

只今連敗中

十七歳の競馬場デビュー以来、常に「負けない競馬」をモットーとしてきた私であるが、この数年の間に神話は脆《もろ》くも崩れてしまった。

ことに今年に入ってからというもの、戦績は目を被うばかりである。三十年来こと細かに書き続けている「収支日報」によると、まだダービー前だというのにベンツ一台分ぐらい負けてしまった。

くやしい。若い時分はこのくやしさをバネにして一挙挽回の大勝負に挑み、たいていは「ざまあみろっ！」とスタンドで快哉を叫んだものであるが、そういう根性もなく、覇気も湧かない。ということはつまり、ただいまの心境を正しく言い表わすならば、「くやしい」のではなく「かなしい」のである。

それにしても、わが収支日報の正確な記載によると、その戦績はまことに信じ難い。

過去三十年のうち、年間トータルで負け越した年はわずかに五回、そのうち三回は小説家になって甘い馬券を買うようになったこの三年のことである。しかも、この収支は単なる馬券のプラス・マイナスではなく、必要経費が計上されている。交通費、新聞代、食事代、指定席料等、ローカル遠征を含めて年間百万円にのぼる経費を差し引いてもなお、例年のように勝ち越していたのである。

　では、三十年間の総トータルがプラスかというと、そうではない。愚かしいことにこの三年間は実生活のグレード・アップに伴い、賭金が膨張した。つまり安いレートで勝ち続け、ハイローラーになったとたんから大敗を続けているので、総トータルはついにプラス・マイナス首の皮一枚のところまで追いつめられてしまったのである。

　くやしい。しかしこの実情は「くやしい」というレベルではない。

　三十年といえば、百まで生きると決めている私にとっても、人生の三分の一に匹敵する時間、むしろ歴史とか時代とか称したほうがいいくらいの長い時間である。その三十年間にわたって、かくも真摯に、かくも禁欲的に、着実な成果を挙げてきたにもかかわらず、たった三年でチャラにしてしまったおのれが悲しい。

　というわけで、顔に似合わず反省癖のある私は、2回東京競馬6日目を終えて帰宅し、このところの打ち続く敗戦について、深く考えた。

　これは、ただのスランプではない。馬券以外の運気はきわめてよろしく、体力の衰えもなく、さしあたっての不安も苦労もないというのに、かような連敗を喫するのは、必ずや何かしら合理的な原因があるのだろう。その究明は急務である、と思った。

　この三年の間に、いったい何が変わったのか。

　第一に挙げられる要因は、むろん賭金の膨張であろう。

　はっきり言って私はセコい。あるいは、金銭感覚がきわめて繊細である。商家の家訓に順《したが》い、いまだに競馬の収支明細はもちろんのこと、「お小遣帳」だってちゃんとつけているのである。

そんな私が法外なレート・アップをしたのは、まことにいじらしい理由による。

平成八年度から、私はまったく突然に多額納税者となった。しかし、わが国では多額納税者すなわち金持ちではない。ことに小説家の場合、収入のあらかたは税金として国または自治体に召し上げられるので、実感としては、「カプセル・ホテルに泊まらずにタクシーで帰宅してもよい」とか、「食事のときメニューを丹念に検索しなくてもよい」とか、「新幹線のグリーン車に乗ってもよい」という程度の豊かさなのである。

お金は出版社からたくさん振り込まれてくる。しかし銀行の通帳を調べる間もなく、あらかたは前年度の税金として、入るそばから煙のごとく消えてしまうのである。怪談のような話ではあるが、一千万円とか二千万円とかいう人間の生死を決するような金が、毎月銀行口座から引き落とされて行く。

そういう多額の金は、見たこともない。ただ、電子マネーの数字によって、かろうじて確認できるだけなのである。

夜もろくに寝ず、飯も満足に食わずに仕事をした結果がこれだと思えば、せめてそのうちのいくばくかを好きな競馬に流用し、熱い喚声を上げてみたいと思ったのはけだし人情であろう。第一、的中すればちゃんと現ナマが拝める。払戻金も百万を超せば、大口窓口で手ずから渡してもらえるのである。そうした現金の実感を、私は渇望したのであった。

しかし——。

レートが変われば馬券術が変わる。まさか複勝勝負などというつまらぬまねはしないが、損失を恐れて押さえの目が多くなるのである。

大金を失うのは誰だっていやだから、これもまた人情なのだけれども、数学的に言うのなら買い目の数が増えれば増えるほど、ＪＲＡの思うツボである。

これが昔のような口頭発声の窓口であれば、買うほうにも見栄があるから、まさか十点も押さえたりはしない。しかし、マークカードの機械売りには、見栄もクソもないのである。

かくて私はつい先ほども、第十一レース「スイートピーステークス」において、⑪メジロビクトリア—⑫サクラセレブレイトの馬番連複に「当たればベンツ」の法外な勝負をし、そんな法外な金がなくなっちゃったらいやだから、メジロビクトリアから十点も押さえ馬券を流したのであった。

あげくに結果は、「できたっ！」と叫んだのもつかのま、本線の二頭はあえなくフレンドリーエースの後塵を拝した。ついでに、軸と定めたメジロビクトリアは三着に沈み、法外な勝負馬券のほかに法外な押さえ馬券までもが不渡りとなった。

三年前と変わったことといえば、重大な原因がほかにもある。

競馬に費やす時間がなくなってしまった。

私は元来が熟慮型の性格で、原稿も遅いけれど予想も遅い。勘に頼って何かをするという才能はてんでない。つまり三年前までの予想は、膨大なデータと競馬四季報をひもときながスか三レースしか馬券を買うことはなかったのである。

三年前から、私の生活は著しく変質した。レースのデータを調べる時間は、小説の資料読みに奪われ、四季報をめくる暇があれば辞書を引き、徹夜で原稿を書き上げたその足で競馬場に向かわねばならなくなった。

いきおい馬券は即決購入である。かつては決して信じなかった「勘」が武器になってしまえば、レースなど選ぶ理由はなくなる。しかも徹夜明けともなると、馬券を買う行為そのものがストレス解消の手段となり、自然ベットリとレースに参加する結果になる。またしてもJRAの思うツボである。

こういう馬券術は、早い話が窓口で一万円札を七千五百円に両替し続けているようなもので、もし勝って帰る日があるのなら数学上の稀有の例と言えるであろう。

そしてもうひとつ、肝心なことがある。かつての私は、「競馬こそわが糧道」という気概を持っていた。

売れない小説を書き続ける亭主を持つわが家人の唯一の自慢は、「いっぺんもお小遣を渡したことがない」であった。

これはまったく事実で、私は所帯を持って以来四半世紀、家人から遊興に費消する金や着道楽の衣装代を、ただのいちども受け取ったためしはない。のみならず時には祝儀をはずみ、信用金庫の隠し口座に競馬預金すら持っていた。

こういうバクチを打ち続けるためには、不断の努力はもちろん、気概が必要なのである。糧道とはいささか大げさかもしれぬが、売れぬ小説を売れぬまま書き続けるためには、道楽も道楽であってはならぬと思っていた。

つまり、売れぬ小説が急に売れたので、道楽が道楽になってしまった。すべてが本来かくあるべしという形に収まったと思えば、それまでである。

ただひとつ、只今連敗中の私にとって有難いことがある。

徹夜明けの、物語の余韻がここちよい体を曳いて朝のスタンドに立つとき、かつて味わったことのない安息を感ずる。

ひとつの物語をおえ、明日からのまったくちがう物語に乗り移るための、そこは安息の場所なのである。

勝ち負けはともかく、競馬は競馬以外のすべてを忘れさせてくれる。書きおえた物語のイメージをいちはやく拭い去るために、同業者のある人は眠り、ある人は酔いしれ、またある人は海に漕ぎ出す。

私にとって、長年慣れ親しんだ競馬場は、そういう意味のある場所に変質したのであろう。

バクチ打ちの矜《ほこ》りとひきかえに得たものは、あんがいかけがえのないものかもしれぬ、とも思う。

だがしかし――そんな悠長なことを言っている場合ではない、か。

只今連勝中

冒頭お断りしておくが、タイトルを一瞥しておわかりの通り、この原稿は前稿との「お対《つい》」である。

それにしても、文章とは有難いものである。エッセイの場を借りてグダグダと愚痴を並べ、うち続く敗戦の原因を自己分析した結果、その翌週からたちまち勝ちに回った。

口で言っても効果はなかったろうと思う。原稿用紙にせつせつと現今の惨状を書き、ものすごく真面目な分析を文章に書きとめたとたん、魔が落ちた。

それまでの負けがなまなかなものではなかったのであるから、当然、勝ちもハンパではない。税務対策上、かように抽象的な表現しかできないのが歯痒い。とりあえずもうちょっと具体的に言うと、先々週は競馬場の帰りがけにジャガーのディーラーに立ち寄り、先週は軽井沢に別荘を見に行った。

むろん、立ち寄っただけである。見に行っただけである。本稿をごらんになっている税吏のみなさんの手前、念を押しておく。

思うところを文章にとめおくという習慣はよいことである。

日記をつける習慣はないのだが、古い手帳やノートを見ると、反省文がやたらに書いてある。かと言って、人前で反省をするということはまずない。負けず嫌いなので、素直にごめんなさいとは言わんのである。

そんなとき、ひとりになってから綿々と反省文を書く。口に出してその場しのぎのごめんなさいと言うよりも、文章に書いたごめんなさいは霊験もあらたかであるらしい。

惰性で書いた日記は読み返す気にもなれぬが、真面目に書いた反省録は面白い。たとえば、数年前の記録にこんな文章があった。以下原文のまま。


〈私の怒りよりも、彼の怒りの方が正当かも知れぬ。いやたぶん、そうだ。ストーリーを話してしまえば、誰だってその原稿は自分のところに書くと思うだろう。私が編集者ならばきっとそう思う。その小説が突然他社から出れば、約束を破られたと感じ、怒るのも当然だ。これからはストーリーを話すのはやめよう。もしかしたら彼は、私から聞いたストーリーを上司に報告したかも知れぬ。そして上司は、わが社に来るはずの原稿が他社に行ったのはおまえの怠慢だと、彼を責めたのかも知れぬ。立つ瀬がなかろう。そのあたりの事情をとっさに斟酌せず、ストーリーはたしかに話したが書くと約束した覚えはないと怒って席を立った私は、浅薄である。やはりどう考えても非は私にあり、彼の怒りは正当だった。これからは担当編集者にだけストーリーを話すことにしよう。できれば執筆前には話さず、書き始めてから話の行方を話すことにしよう。〉

ところが、ノートの次の頁にまったくちがうことが書いてある。反省の後に何があったか記憶は定かではないが、件の編集者と和解しようとして再び揉めたらしく、いわば「反省録の反省」が荒れた字で書き殴ってあるのだ。以下原文のまま。

〈わかってくれればいいんです、とはどういういいぐさだ。おまえなんか編集者ではない。ただの原稿取りだ。小説家の情熱を喚起せしめ、混沌の中から物語を引き出すのがおまえらの仕事だろう。いや仕事ではない。それは文化に対する、おまえらの責任だ。おまえとは今後、ムダ話をする。思いつく限りのストーリーを、片ッ端から全部しゃべってやる。むろん、原稿は一枚も渡さない。これからは志の高い編集者とだけ仕事をする。〉

けっこう真面目に書いている、というのがおかしい。誰に見せるわけでもないのに状況はちゃんと想像ができるし、文章にも無駄がない。そして必ず、「これからは〜しよう」というフレーズが組まれていて、反省文の体裁になっている。

以後、この件についての反省文らしきものは見当らない。現在でも仲良く付き合っているところをみると、何らかの形で和解もしくは妥協したのであろう。

私が長年にわたって付け続けている「収支日報」にも反省文は多い。ちなみに本年のダービーについては、こんなふうに反省している。

〈パドック重視などと言いながら、なぜアドマイヤベガから買わないのだ。鉄板だろう。てめえで打った印に惑わされるべからず。予想行為はもうやめよう。〉


ところで、私の柄にもない反省癖とは、いったい何に起因するのであろう。

生来のものでないことはたしかである。どう考えても一族郎党、後悔はしても反省はしないタイプばかりが揃っている。むろん私自身も本性はその通りで、口がさけても「ごめんなさい」は言わぬ悪童であった。

私が小学生のころには、体罰によって反省を促すといううるわしき教育の伝統が残っており、悪童は毎日のように水の満たされた重いヤカンを持って、廊下に立たされたものである。「ごめんなさい」と言い、きちんと反省をすれば許されるのだが、私はいつも廊下に五分も立てばヤカンをその場に置いて家に帰ってしまった。長じて後もだいたい同じである。

学生時代、ある人物にとても興味を持った。清末の文人将軍、曾国藩《そうこくはん》である。中国の近代史を学ぶうちに、まず中華帝国の幕引きをした李鴻章《りこうしょう》に魅かれ、その師である曾国藩について調べるようになった。

曾はもともと宋学系の桐城派という学派に属する儒者で、軍人ではない。しかしシビリアン・コントロールの原則を実践していた清王朝にあって、彼はひょんなことから太平天国を討伐する軍司令官に任命される。そして驚くべきことに、自から軍費を調達し、新軍を建設して、十余年の長きにわたり猖獗《しょうけつ》をきわめていた太平天国を滅したのであった。当時の清国には乱を平定するだけの金も力もなかったのである。

曾国藩は超人であった。軍事知識など何もない進士出身の学者であり、吏部左侍郎《りぶさじろう》という役職の一官僚が、地方の資産家を頼って軍費を拠出させ、民兵を募り、上海の外国人から武器の供与と作戦指導を受け、政府の力は一切借りずに、太平天国を滅亡させたのであった。

この曾国藩には、異常なほどの反省癖があった。彼の遺した文章のことごとくは、しごく個人的な反省録なのである。その内容は発言、行動はもとより、食物や性生活にまでも及ぶ。

同治中興の名臣と謳われた曾の生涯は苦労の連続で、位人臣こそきわめたが、あたかも一人で一国を支え続けたような、割に合わぬ人生であった。彼は同治十一年の死に臨んでも、不安はけっして口にせず、反省をくり返す。

〈――通籍三十余年、官は極品《きょくほん》に至る。而《しか》も学業は一も成る所無く、徳行は一も成る所無し。老大、徒《いたず》らに愓《うれ》う。悚惶慚赧《しょうこうざんたん》に勝《た》えず。〉

こういうわかりやすい、適切な文章を書く人の学業が「一も成る所無」かったはずはない。いわんや個人の努力で一国を救った人物の「徳行」においてをや、である。しかし曾国藩は、おのれの一生が恥ずかしくてならず、いくら反省してもしきれぬ、と嘆く。

これはすごい、と私は思った。

ごめんなさいというかわりに、おのれに対してのみ猛反省をする。おそらく曾国藩の超人たる理由は、この反省癖にあったのであろう。

かくて私は、どう勘違いしたものかそのときから「競馬収支日報」を綿密に書き始めたのであった。

それにしても、先月までの泥沼など嘘のような、破竹の快進撃が続く。予定では今週の安田記念当日において、本年のマイナスはプラスに転じ、騎虎の勢いに乗じてローカルへと出撃する。

問題は、この勢いをどこまで持続できるか、である。長年の経験によると、騎虎の勢いの後には突然の没落が待ち受けている。しかしこのところの低迷があまりに長かったので、勢いもあんがい持続するのではないかという気もする。

そもそもこういう考え方がまちがいなのである。運気は不断の努力によっていかようにでも支えうるものだと肝に銘じなければ、好調子などかたときも持続できはしない。

私の反省文を繙《ひもと》いてみると、不調のときの反省は実はあまり値打ちがない。反省というより後悔に近くなるのである。「これから〜しよう」という反省のフレーズが、「なぜ〜してしまったのだろう」というふうに変わっている。こういうフレーズをいくらくり返しても運気はめぐってこない。

もうひとつ、いかなる好調の中にあっても「騎虎の勢い」などと口にしてはならないのだろう。大口払戻の窓口に並んでも、〈老大、徒らに愓う。悚惶慙赧に勝えず〉という顔をしていなければならない。

言うのは簡単だけど。

飯坂温泉に行きたい！

待ちに待ったるローカル競馬の季節到来。今年もあらゆる仕事をほっぽらかして、開幕週から福島競馬場へと足を運んだ。

いや、これも仕事である。現にこうして原稿を書いているのだから、編集者たちにどうこう言われる筋合ではあるまい。

二泊三日の旅程で温泉に浸り、うまいものを食い、競馬をやる。パラダイスである。一週間のハワイ旅行か二泊三日の福島かと訊かれれば、私は迷いのかけらもなく後者を選ぶ。どうしてファンのみなさんはこれをやらずに、狭くて暑くてそのうえ馬も走っていないウインズに通うのであろう。家族から臭いのジャマだのと言われながらも、ＰＡＴにかじりついているのであろう。

ストレスを抱えながら知れきった散財をすることを考えれば、新幹線代も旅館代もものの数ではない。しかも福島競馬場は東京からわずか一時間半。私の住む多摩地区からは、中山競馬場に行くのとほぼ同じなのである。

ちなみに、私は福島県とは縁もゆかりもなく、親類も女もいるわけではないが、競馬宿にふさわしい温泉場を紹介しておく。

まずメインは何といっても飯坂温泉。福島駅からローカル私鉄に乗って三十分弱、競馬場からもタクシーで三十分の至近距離にある、東北有数の大温泉である。

旅情を味わいたい向きには土湯温泉。飯坂とは逆方向の山ふところにあり、自然が美しい。こちらもタクシーでせいぜい四十分ほど。

温泉を堪能したい方は、高原の中腹に滾々《こんこん》と硫黄泉の湧き出る高湯温泉。やはり競馬場からタクシーで四十分程度だが、ここのお湯はすばらしい。

それにしても一開催中にこの三つの温泉を渡り歩く私は、いったい何者なのであろう。日ごろ忙しい忙しいと言ってみなさんに迷惑をかけているが、忙しいスケジュールの中にはつまりこういうことも含まれているのである。

さて、福島競馬第一週はウンザリするほど負けたので、レースのことは思い出したくもない。そこで、話は温泉にしぼろうと思う。福島競馬場に恨みはあるが、飯坂温泉には何の罪もないからである。

このところの不景気で、全国の温泉地は大打撃を蒙っているらしい。ことに、かつて栄華をきわめた大温泉街ほど、その凋落ぶりもまたひとしおであるという。

ただし、温泉マニアの私からすると、客足の減った温泉というのはまことに好もしい。温泉場のみなさんにとってはそれこそ死活問題であろうが、今や宿はどこもガラガラ、露天風呂は独り占め、サービスは最高、そのうえ料金が安い。

飯坂温泉もまたその例に洩れない。

温泉街に一歩足を踏み入れたとたん、ギョッとする。半分、とまでは言わないが、三分の一か四分の一に相当する旅館が廃業しているのである。

廃屋となった旅館やホテルというのは、見るだに薄気味悪い。ベランダや屋上には雑草が生え、庭は荒れるに任せてある。カーテンは引かれたままところどころが破れ、ガラスが割れた窓から裾が風になびいているさまなぞ、ゴーストタウンを彷彿とさせる。

しかし、そうした街の雰囲気はふしぎと情緒がある。個人的には、かつての浴衣がけの酔客で溢れ返る飯坂の町よりも、ずっとロマンチックな旅情にひたることができた。

ところで、誰もいない露天風呂に浸りながら考えたのだが、熱海にせよ伊東にせよ飯坂にせよ、このところの温泉地の急激な凋落の原因とは何なのであろう。

タクシーの運転手さんの話によれば、「便利になりすぎたんでしょう」、ということだが、さてどうであろうか。

たしかに新幹線が通って東京から一時間ちょっとしかかからぬとなれば、競馬ファンの多くは日帰りをしてしまう。東北自動車道の福島飯坂インターが目と鼻の先にあるのだが、これも東京から三時間足らずというのはいかにも中途半端な距離、というわけだ。

一理はある。しかし、あまり説得力はない。交通が便利になれば客の質は変わるだろうが、まさか激減するはずはなかろう。

もちろん、不景気というのがかなり決定的な要因であることもたしかだが、温泉地に限っていえば、どこもバブルの時代に景気が良かったわけではない。飯坂の場合も、閉鎖した旅館やホテルがみな老朽化した建物であるところをみると、好景気の時代にも恩恵は蒙らなかったのではないか、という気がする。

だとすると、全国的な温泉地の衰退には、もっと根元的な、社会構造の変化に原因があるのではなかろうか。

まず第一に考えられることは、団体旅行という習慣の衰退である。

わが国には元来、職場とか町内会とか組合とかOB会とか、ともかく集団のあるところ観光バスを仕立てての年に一度の旅行がつきものであった。

こうした団体旅行は、この十年ほどの間に急激にすたれてしまった。理由は、生活の多様化により国民が休日を共有できなくなったことと、生活そのものの概念が集団から個人へと著しく変化したためであろう。

つまり、旅行に行こうにも参加者たちのスケジュールが合わない。あるいは、どうして貴重な休みを団体旅行などに費消しなければならないのかと、多くの人が考えるのである。

次に考えられることは、海外旅行の隆盛であろう。

はっきり言って、海外旅行は安い。ほかのどの行楽と比べても、お話にならぬくらい安い。なにしろアメリカへの正規航空運賃が往復で七万円台という時代である。誰でも気軽に購入できる格安航空券ならば五万円。つまり北海道や沖縄に行くよりもアメリカに行くほうが安い。

パック・ツアーでニューヨーク八日間十万円などというのは当たり前、きょうび国内では、どこに旅行しようがこんな値段ではおさまらない。ましてやジッとしていたって、週末に競馬場へと足を運べば、十万円はアッという間に消えてなくなる。

どんなに不景気でも成田空港がてんやわんやの大混雑になるのは、当然なのである。団体旅行はなくなる、若者たちは外国に行く、となれば旧態然たる温泉街が衰退するのはけだし道理であろう。

もうひとつ、都市生活者の生活環境が格段にレベルアップしたことも、温泉に足が遠のく大きな原因のひとつにちがいない。

私が子供のころ、東京の多くの家庭には風呂がなく、内湯があるというのは一種のステータスであった。どこの家でも夕食をおえれば、洗面器を持って銭湯に行った。ところが、近ごろでは、学生下宿にだってシャワー付きのユニット・バスが付いている。銭湯は今や立派なクア・ハウスとなり、お手軽に温泉気分を提供してくれる。

食卓は奢侈《しゃし》をきわめ、うまいものを食いたいなどとは誰も考えず、むしろいかにうまいものを食わずにダイエットするかが、食生活の偽らざる現状であろう。

かくて温泉街は、数軒に一軒の旅館が廃業に追いこまれるほど没落してしまった。

静まり返った飯坂の町には、いくつもの共同浴場がひっそりと湯煙を上げている。

下駄をカラコロと鳴らして外湯をめぐっても、日曜の夜はやかましい酔客と出会うこともない。

シティ・ホテルのルーム・チャージに比べればおよそ半分の値段で、朝晩の豪華な膳が付き、足を延ばして温泉に浸ることができる。そう考えればやはり、温泉から客が遠のくことはふしぎというよりほかはない。

ところで、飯坂がいかに良いところであるかの証拠に、二泊三日の競馬三昧のかたわら八十枚の短編小説ができ上がってしまった。小説の舞台になるということは、すなわち情緒に溢れた、ロマンチックな場所なのである。

原稿料が競馬の負け分とほぼ一致するのは偶然である。いちおう、私自身の名誉のために言っておく。

ともあれ、交通が便利になったからといってローカルに日帰りする気にはなれない。余った時間はたっぷり馬券検討に費やすつもりで、やはり福島といえば飯坂、函館なら湯の川、新潟なら月岡温泉に浸って極楽気分を満喫するのが、今も昔も変わらぬローカル競馬の正道ではなかろうか。

突然降って湧いたように、再来週はローカルならぬキングジョージⅥ＆クインエリザベスＳ観戦の計画が持ち上がった。

そんなのイヤだ、福島に行きたい、飯坂温泉に行きたい、と駄々をこねたら、バッカじゃないのと家人に叱られた。

私としては本心から思ったことを口にしたつもりなのだけれど。よし、こうなったらロンドンのカジノとアスコットで、取り返しのつかぬぐらいの大散財をしてやろう、っと。

英国王室のアスコット

勝手に夏休みを作り、今までナゼか縁遠かったイギリスの競馬場へ行ってきた。

七月二十四日、ロンドン郊外アスコット競馬場で行われた、「キングジョージⅥ＆クインエリザベスステークス」である。

どうしても行かねばならぬという理由はないのだけれども、しいて上げるとするなら個人的ローテーションであろうか。つまりこの一年間、凱旋門賞→ブリーダーズ・カップ→ドバイ・ワールドカップと転戦してきたのであるから、ここいらあたりで一度叩いておかなければ馬券が鈍る。しかも前走のドバイでは馬券を売っていなかったというアクシデントもあり、あれこれ考えているうちに「どうしても行かねばならぬ」という気分になった。

少なくとも、このクソ暑いさなかウインズで表裏二十七レースの馬券をベットリと買って、ヘトヘトになるよりも賢明な企画であろう。

実は、去年の秋にロンドンを訪れたのだが、情ないことに競馬ができなかった。そう、私にとって馬券が買えないというのは、切ないとか悲しいとかを通り越して、情ないのである。

なにゆえそのようなひどい目に遭ったのかというと、「競馬やりたい」などとはオクビにも出せぬ公式訪問だったのである。つまり、「バクチなどとは縁もゆかりもない文化人」という立場でロンドンに行き、ウェストミンスターホールとかいうところで講演をした。「競馬やりたい。どうしてもやりたい」などとは、とうてい口に出せる雰囲気ではなかった。世界中の競馬場に足を運んでいながら、肝心のイギリス競馬を見ていないというのでは話にならぬ。まるで、日光を見ぬうちにケッコーと言っているような気もする。

かくて前記もろもろの必然的理由により、私はまたしてもありとあらゆる仕事をうっちゃらかして、忽然《こつぜん》と書斎から姿を消したのであった。

アスコット競馬場は、「ロイヤル・アスコット」の名にある通り、英国王室の競馬場である。

いわゆる「御用達」ではない。競馬場そのものが、エリザベス女王陛下の私有物なのである。したがって、当然のことではあるがたいそう格調高い。メンバーズ・エリアは競馬場というより社交場で、ダーク・スーツに帽子、というスタイルは常識だが、凱旋門賞のように華やかなファッションはあまり見受けられない。

どうやらそうした「地味めのキチンとした装い」というのが、アスコットのマナーであるらしい。つまり、招待客は「女王陛下の客」なのである。ちなみに、当日のクイーンの装いは、目の覚めるような花柄プリントのスーツに、真っ赤な帽子であった。

アスコットはロンドンの西三十六マイル（約五十八キロ）。距離からすると府中や中山とさして変わりがないのだが、これが実に遠い。

ウォータールー駅からの列車は一時間に一本しかなく、しかもダイヤなんぞくそくらえという感じでノンビリと走る。いずこも変わらぬ競馬オヤジを満載しているにもかかわらず、冷房がない。

イギリスという国は、あれやこれやとしち面倒くさいことを言うわりには、一方で妙にアバウトなところがある。要するに、おごそかな定め事を作るのは好きなのだが、それを正確に実行する必要はないらしい。しかも、何をするにつけ「迅速さ」は要求されず、むろん要求してはならない。このあたりが、日本と似ているようで実は全然似ていないのである。イギリスという国を理解するキー・ワードが「適当」であることを、私は蒸し風呂のごとき列車の中で思い知らされた。

この「適当」さは、不順な気候とも関係があるのかもしれない。私がヒースローに降り立った日は、ドンヨリと曇った真冬のような寒さで、たちまちコートを着なければならなかった。ところが翌《あく》る日は一転した真夏日で、気温は朝っぱらから三十度を超えた。毎日がこんな具合であるから、近距離列車の温度調節など、いちいち考えてはいられないのだろう。

それにしても、格調高い競馬というのも考えものである。

アスコットのメンバーズ・エリアは、紳士淑女がランチを召し上がりながら語り合う場所なので、馬券を売っていない。いや、正しくは売っているのだが、どこに発売所があるのかわからないぐらい、片隅のささやかな場所で、二人のおばさんがちんまりと売っているのである。

はっきり言って私は、十七の齢から怒号飛び交う府中や中山で鍛え抜かれてきた競馬オヤジなのだ。長駆ロンドンまでやってきたのは、何も祝福を送るためではない。ドバイ・ワールドカップで苦杯をなめたデイラミに、ゴドルフィンの主戦騎手デットーリが乗ると聞き、勝負をかけるためにやってきたのである。

第一レースの発走は午後二時。ちょっと信じられないが、この季節のイギリスは夜の九時すぎまで明るい。

馬券を買っている人はほとんどいないので、なるたけ上品に、「ものはついで」のような顔をして買う。しかし、第二レースで連勝単式《ストレート・フォーカス》を10ポンド的中。これで私は切れた。

第三レースでは、連勝と三連勝単式《トライキャスト》を山のように買い、バルコニーに走り出て中山流の声援を送った。アスコットの1マイルは直線である。ということは、スタート位置はスタンドの遥か彼方にあり、何も見えない。

「そっのっままっ――！」

大きい声を出す人がいないので、私の声援は馬にまで届いたのであろう。結果はめでたくそのまま④―③―⑩となだれこんで、私は大金持ちになった。

70倍のフォーカスを10ポンド、600倍のトライキャストを3ポンドという快挙である。

しめて2500ポンド、すなわち邦貨にして大枚50万円の配当であった。

これが府中か中山ならば、ひたすらバンザイなのである。ところがアスコットでは、こういう馬券の買い方自体が周囲の顰蹙《ひんしゅく》を買うのだということを、私は知らなかった。

まことに信じ難いことだが、払戻しを受けようとしたら、そこには２５００ポンドの金がなかったのである。外国の競馬場はどこも発売所と払戻し所が同一だから、そこに払戻すべき金がないというのはおかしい。だが、おかしくはない。そもそも馬券を買っている奴がほとんどおらず、そのレースに限って言うのなら、私と窓口とのサシの勝負だったのである。

窓口のおばさんはレジの中から5ポンド紙幣まではたき出して、どうしよう金がない、と言う。

「バーカ。これがアイム・ソーリーで済むことか」

と、私は言った。するとおばさんは、けなげにもあちこちに電話をし、ジャスト・モーメントの後に２５００ポンドが配達されてきたのであった。

さて、続く第四レースがお目当ての「キングジョージⅥ＆ザ・クインエリザベス・ダイアモンドステークス」である。

一番人気は今年のダービー馬オース。私が世界中を追っかけて回っているデイラミは、単勝3・6倍の二番人気であった。

データによれば、このレースは四歳馬絶対有利であるらしい。理由はおそらく負担重量であろう。四歳の１２１ポンド（約54・9キロ）に比べて、古馬は１３３ポンド（約60・3キロ）もしょわされるのだから、当然の結果といえる。

ともかく頭は①デイラミ。対抗は同じゴドルフィンの④ネダウィ。

ヨーロッパの競馬は、今やシェイク・ムハンマド殿下ひきいるゴドルフィンが背負って立っている。ここは義理でも勝たせなけりゃウソ、というのが私の裏読みであった。

で、本線①―④の連勝単式《ストレート・フォーカス》に２００ポンド。①―④―ⓧというトライキャストを１００ポンドと50ポンドに分けて買った。むろん馬券も買ったがヒンシュクも買った。

結果は、四コーナーで先頭に立ったネダウィを、デイラミが直線でかわし、めでたく①―④。三着はオリビエ・ペリエ騎乗の②フルーツオブラヴであった。

配当は①―④のフォーカスが12倍、①―④―②のトライキャストが80倍。ということは、またしても払戻し所は「アイム・ソーリー、ジャスト・モーメント・プリーズ」となった。

まさかあの満員電車に乗る気にはなれないので、予約のタクシーを百ポンドで横取りし、ロンドンまで帰った。

ついでにヒルトンホテルを引き払い、ロンドン通が口を揃えてナンバーワンだと言う、ザ・ドチェスターにチェック・イン。たまたまマイケル・ジャクソンが同宿ということで、ホテルの周辺はたいそう騒がしかったが、噂にたがわぬ五つ星であった。

ところで、キングジョージで5馬身差の圧勝を飾ったデイラミは、アイルランドチャンピオンSから凱旋門賞へと向からそうである。われらがエルコンドルパサーとの一点勝負馬券というのは、いささか早計であろうか。

モントリオールで『鉄道員《ぽっぽや》』

映画『鉄道員《ぽっぽや》』がモントリオール国際映画祭にエントリーしたため、私も代表団に随行することになった。

原作者がこうした晴れの舞台に顔を出すのは、いささかはしゃぎすぎの感があるけれども、私としてはこの作品を遺して亡くなられた脚本家岩間芳樹さんの名代のつもりであった。

東映からは高岩淡社長、岡田裕介営業担当取締役、坂上順東京撮影所長、遠藤雅義国際営業部長の役員四名以下、スタッフからは降旗康男監督、木村大作撮影監督以下、総勢十数名の代表団である。

映画祭の期間は八月二十七日から九月六日までの十一日間、その間モントリオール市内は世界各国から訪れた映画ファンたちで埋めつくされる。

わが国にも東京国際映画祭を始めとするいくつものシネマ・フェスティバルがあり、日本アカデミー賞などの権威あるタイトルも数多くあるのだが、正直のところ一部の映画ファンと関係者のための催しものという感じがし、国民的な話題性には欠ける。その点、人口三百万人のモントリオール市全体を巻き込んでのこの映画祭の熱気には圧倒された。これは祭典そのものの規模やステータスとは余り関係のない、一般市民の映画そのものに対する愛情に起因するのであろう。すなわち、映画がテレビとはちがう娯楽であり、かつ偉大なる大衆文化であるということを、かの国民はよく知っているのである。

『鉄道員』はいい映画であると同時に、幸福な映画であると私は思った。

『鉄道員』のプレス上映は九月五日午前、市内ブルーリー通りのインペリアル・シアターで行われた。

英語の題名は〝POPPOYA―RAILROADMAN〟。「ポッポヤ」という、私にとって愛着の深いタイトルをそのまま使用していただけたのは誠に嬉しい限りである。ちなみに、パンフレットに書かれたキャッチ・コピーは、〝A miracle in the life of a lonely stationmaster〟(孤独な駅長の人生に訪れた奇蹟)と、実にわかりやすい。

プレス上映に先立って、降旗監督、木村カメラマン、私、の三人が舞台挨拶に立った。ケベック州の公用語はフランス語なので、通訳は英語とフランス語の両方を続けて通訳しなければならない。むろん字幕も二種類、スクリーンに英語が翻訳され、ステージの電光字幕にフランス語が出る。〝POPPOYA〟の前評判はすでにプレス関係者の間では相当のものらしく、満員の劇場内には静かな緊張感が漲《みなぎ》っていた。

やがて、雪景色の中をひた走る蒸気機関車の勇姿が闇に映し出された。名カメラマン木村大作さんの撮しとった日本の風景は、それだけでも胸が詰まるほど美しい。たそがれの終着駅のホームで、健さんが笛を吹く。そして同時に、これから始まるドラマの感動を十分に予感させるメイン・テーマが響く。かたわらの外国人記者の口から思わず、「トレビアン」「ビューティフル」の声が洩れた。

上映中、客席からふしぎな反応があった。

なぜか外国人は、泣きながら笑うのである。日本での上映では、まさか笑い声の反応はなかった。

小林稔侍さん扮する「仙次」が正月に高倉健さん扮する「乙松」を訪ね、酒を勧める。乙松が、終列車を出すまでは飲めない、と言ったとたんに外国人は爆笑した。

彼らがどうして笑うのか、私にも代表団の誰にもわからなかった。つまり、仕事中だから一杯の酒も飲まないという乙松の律義さが、外国人から見るとたまらなくおかしいのである。もしかしたら、働き過ぎる日本人のイメージを、彼らは象徴的に発見したのかもしれない。ともかく乗降客も稀な山奥の終着駅で、酒も飲まずに仕事をするというのは、律義さを通り越して陳腐に思えるらしい。

もうひとつ、酔っ払いがスクリーンに登場すると、満場は笑いの渦となる。すっかり酔いが回ってろれつの回らなくなった仙次。そして志村けんさん扮する炭坑夫が千鳥足で歩くシーンで、外国人たちは笑い転げるのである。

これはまあ、多少わからんでもないがそれほどおかしいのか、という気がしてならなかった。

つまり、欧米人は酒を飲んでもベロベロに酔うことがないらしいのである。言われてみれば、日本では少しも珍しくない酔漢を、私は外国で見たためしがない。酔いつぶれているのは病的なアルコール中毒者か、世を捨てたホームレスぐらいのものである。聞くところによれば、欧米人はアルコールを分解する肝機能が優れているので、健常者が正体もなく酔うことはないそうだが、はたして本当だろうか。もちろん、生理的な理由のほかに、道徳心やマナーといった生活習慣も関係しているのだろうが。

それでも、『鉄道員』の感動は客席を被いつくした。言葉も国境も越えた、ひたむきな男の生き方。寡黙な愛情の姿。使命と責任。滅びゆくものへの共感と哀惜。美しい自然と、その自然の一部にちがいない人間の営み。

代表団が玄関に整列して送り出した観客たちは、みな瞳を潤ませていた。

降旗監督は「グレイト！」の連呼と握手でもみくちゃになった。

フランス人の青年が涙を流しながら「マエストロ・ダイサク・キムラ」の手を握りしめ、「私は撮影技術を学んでいる者だが、この映像は生涯のバイブルだ」と言った。

そして私のところにも大勢の人がやってきて、原作の各国語訳の所在を訊ねた。瞼を真っ赤に泣き腫らしたある老夫婦によれば、「小説そのものがミラクル」なのだそうだ。

有難い限りである。

記者会見とインタヴューを経て、選考結果発表と授賞式は九月六日に行われた。

セントキャサリーヌ通りにあるローズ劇場の玄関にはカメラの砲列が敷かれ、各国代表団のリムジンが到着するたびにフラッシュが炸裂する。

クラシックな劇場内は緋色のカーテンと絨毯で彩られ、ステージには真紅のインパチェンスの鉢が並んでいた。

いよいよ〝FESTIVAL《フェスティバル》 DES《デ》 FILMS《フィルム》 DU《デュ》 MONDE《モンド》 MONTREAL《モンレアル》〟の発表である。世界各国から招聘された選考委員の手で、封筒がひとつずつ開けられるたびに、場内には拍手と歓声が沸き起こる。

「Prix d'interprétation masculine《主演男優賞》――」

通訳の声が耳に届く間もなく、プレゼンターは高らかに言った。

「KEN TAKAKURA for the film POPPOYA directed by Yasuo Furuhata, JAPAN!」

私たちはいっせいに座席から立ち上がって歓声を上げた。


そのとき「ケン・タカクラ」の名前を、「オトマツ・サトウ」と聴いたのは私だけだろう。誠に勝手きわまる話だけれども、私はたしかにそのとき、「OTOMATSU SATO for the story POPPOYA!」という声を聴いたのだった。それは今からちょうど三年前、秋虫のすだき始めた真夜中の書斎で、私が造り出した男の名前だった。

廃線を間近にしたローカル線の終着駅で、来る日も来る日も一両編成の気動車に向かって旗を振り続けた乙松さんは、やっと苦労が報われたのだと思った。

乙松さんが毎日送り迎えした幌舞《ほろまい》の子供らは、みな立派に成長した。もちろん、私もそのうちの一人であると思っている。その苦労を誰よりも知っている私の耳には、プレゼンターの声が「オトマツ・サトウ」と聴こえたのだった。

満場の祝福を受けて、降旗監督と木村カメラマンがステージに登り、お仕事の都合で出席できなかった高倉健さんにかわってトロフィーを受け取った。

栄光のステージをぼんやりと見上げながら私はふと、(乙松さんはどこに行ったのだろう)と思った。

考えるまでもあるまい。乙松さんは今日も幌舞の駅で、ホームの雪をはねたり、転轍機を磨いたりしているのだ。

(乙さん、みんなが褒めてくれているのに、なして来ないの?)

乙松さんは静かな声で答えた。

(俺はポッポヤだから、そったらこと関係ねえべや)

(したって乙さん、あんたいいことなんてひとっつもなかったしょ)

(なんもなんも。苦労は誰も同じだべさ。俺が旗振らねば、こんなにふぶいてる中、誰がキハを誘導するの。誰が転轍機を回すの)

健さんの声を借りて、乙松さんは言った。健さんがビッグ・タイトルを受賞した理由はおそらく、健さん自身が乙松さんそのものだったからなのだろう。そうでなければ、ただずまいだけで人を泣かせるような、あんな演技ができるはずはない。

一九九九年九月六日。乙松さんは幌舞の駅長室で、今日も業務日報《ヒノホ》にこう書いたにちがいない。

「本日、異常なし」、と。

ちなみに、スクリーンに木村カメラマンがアップで映しこんだその文字の英訳は〝All correct today〟だった。

無念！　エルコンドルパサー

四十七歳という年齢は、サラブレッドでいうならいったい何歳になるのであろう。

などと考えると、てめえで言うのも何だがわが肉体のタフネスぶりには愕かされる。

キングジョージⅥ&クインエリザベスステークスを観戦してから、中《なか》一カ月でモントリオール国際映画祭に出席、ニューヨークを経由して帰国したと思いきや、たちまち凱旋門賞に向かった。

十月九日にいったん帰宅して翌《あく》る日は広島で講演、とんぼ返りで締切ギリギリの今日、この原稿を書いている。ちなみに、一週間後はラスベガスである。

よほどヒマ人のように思われるかもしれないが、この間に週刊誌を含む連載四本、月刊小説誌に短篇三本、サイン会が一回、講演が二回、記者会見と対談が各一回、新刊『天切り松　闇がたり』の上梓とインタヴュー数回、会食打合せ等無数、猫の手術二匹、身内のゴタゴタ数度、別荘購入とそれに伴う大借金、および過労性貧血による失神を一度、すべて遺漏なくこなした。

慢性時差ボケの頭でオヤジギャグを一発かますならば、「タフネス・ワールド」と自称すべきであろう。

それにしても、今年（一九九九年）の凱旋門賞はすばらしかった。

わがエルコンドルパサーは世界一のゴールまでわずか半馬身差の二着。残念と言えば残念だが、これで来年も観戦に来なければならない理由ができた。ましてや惜敗した相手が一番人気のダービー馬モンジューなのだから、いい結果であったと納得すべきであろう。

当日は前夜来の雨で馬場が悪く、しかもエルコンドルパサーは1番枠を引いてしまった。彼の強さを知っている欧州の馬たちに包みこまれぬためには、スタートから逃げるしか手はなかったわけで、蛯名騎手の判断は正しかったと思う。

前に一頭でも置いていれば、と考えるのは誰しも同じだろうが、やはりベストの騎乗であったろう。モンジューが強すぎただけである。

最後の直線でエルコンドルパサーは、追いすがる他馬をもういちど突き放す感じで伸びた。その瞬間には、誰もがエルコンドルの勝利を確信した。まったくスピードについていけない馬群の中から、一頭だけ矢のように追いこんできたモンジューの強さは圧巻であった。

モンジューは欧州チャンピオン種牡馬サドラーズウエルズ産駒、一方エルコンドルパサーはこの血を母方から受け継いでいる。つまり人間世界でいうなら、両馬は叔父甥の関係にあたる。

圧倒的なスピードの逃げ馬と、それを一気に差し切ろうとする馬のマッチ・レースは、競馬の醍醐味を世界の観客に堪能させてくれたと同時に、名馬サドラーズウエルズの神のごとき力を目のあたりに見せてくれた。

一昨年はサクラローレルが直前回避したうえに売場の混雑で馬券が買えず、いったい何をしにきたのかわからなかった。

日本馬は出走しなかったが、今度こそは馬券を買うぞと満を持してレストラン席に入った昨年は、何と締切直前に発売機が故障。

馬券もキッチリと買い、エルコンドルパサーの激走もこの目で見た今年は、まさしく三度目の正直であった。

日本からは二千人ものファンが観戦にきたそうである。なるほどパドックから見渡せば、まるで正月のワイキキビーチのごとく、日本人だらけであった。

ただし――まことに遺憾に感じたことは、身なりの粗末さである。日本のローカル競馬場に出かけるのとほとんど同じ服装で、ロンシャンのパドックに立つのはいただけない。

むろんフランス人でも平服の人は多いけれども、日本人がネクタイを締め、ジャケットを着ていくのは、「客」としての当然のマナーであり、世界一のレースに対する表敬であり、この大舞台まで駒を進めたエルコンドルパサー号と渡邉オーナーに対しての礼儀であろうと私は思う。

少なくともツアー客の募集に際しては、そのくらいのマナー説明をするべきではなかろうかと思うのだが、考えすぎであろうか。

海外旅行、とりわけヨーロッパを旅するときは、スーツとネクタイと革靴が必携品であることにほとんどの旅行者は気付いていない。

なぜかというと、ヨーロッパの旅の最も感動的な部分では、正装が条件となるからである。たとえば、オペラやコンサート、一流レストランでの食事、むろんカジノもヨーロッパでは、ネクタイとジャケットと革靴がなければ立ち入ることは許されない。

それらの場所は規定として服装の制限がなされているが、その目的は「みんなで上品に優雅に、自分のための娯楽をエンジョイしよう」ということであって、決して堅苦しい規律を強要しているわけではない。上等な遊びというのはそれなりの身なりをしてこそ初めて、エンジョイできるものなのである。

だとすると、上等な遊びの最たるものである凱旋門賞の観戦にジーパンとスニーカーで臨むのは、マナー違反であるうえに楽しみの半分を自ら放棄していることになる。

競馬はバクチである。むろん凱旋門賞といえども、馬券を買っている限りその例に洩れない。しかしバクチは決して低級な遊びではない。ましてや世界一の名馬を決定する凱旋門賞においてをや、である。

凱旋門賞の翌る晩はお定まりのコース、パリ郊外アンギャンのカジノに行った。

このところ海外の競馬というと、すべてカジノがワンセットになってしまった。唯一の例外であったのは宗教上の理由からギャンブルを禁じているドバイだけで、これはカジノどころか競馬場で馬券も売っていないのだから仕方がない。

ワンセットというのはつまり、
ロンシャン＋アンギャン
アスコット＋ロンドン市内
ベルモント＋アトランティックシティ
チャーチルダウンズ＋ラスベガス（これはかなりムリヤリだが）
香港＋マカオ
などというセット・メニューのことである。こう考えると、日本の競馬場にはどうやってもカジノをセットできないことが悔しい。
早い話が、カジノという遊びはどこそこの国にあるのではなく、およそ日本以外のすべての国にあるのである。まさかそこまでグローバル・スタンダードをめざせとは言わぬが、願わくは私の目の黒いうちに、お台場あたりに実現させていただきたいものである。
先のセット・メニューに、「中山＋オダイバ」、「府中＋ヨコタ」、「阪神＋ロッコー」などというものが加われば、どんなに楽しいことであろうか。
アンギャンはパリから二十キロ、タクシーを飛ばしてもせいぜい二五〇フラン（四千円ちょっと）ぐらいの手ごろな場所にある。
この距離は良い。ロンドンのように、ほとんどパチンコ屋のごとく市内のあちこちにあると、結局はお手軽すぎて観光も仕事も競馬さえもクソくらえということになってしまう。
その点二十キロという距離は、毎日通うにはオックウであるし、第一オケラになったときホテルまで金を取りに帰る気にはなれない。

アンギャンのカジノは純然たるヨーロッパスタイルの、上品なシステムである。

ただし、中味は下品である。何が下品かというと、愕くなかれディーラーがチップを要求する。

私もアンギャンにはかれこれ三年も通っており、相応のバクチを打つのですでに従業員とは顔なじみであるけれども、たまたま目を持ったからといってディーラーふぜいからチップを要求されるいわれはない。これはまちがいなく、ディーラーのマナー違反であろうと思う。

初めのうちは気が付かなかった、大きな払戻しがあると、ディーラーが必ずチラッと私の顔を見て何ごとかを言い、無視すると肩をすくめてお道化《どけ》るのである。

そのうち、何となくわかってきた。つまり少々冗談めかして、こんなことを言っているのである。

「ラッキーな人から、チップなんかもらえると嬉しいなあ」

いかにもフランス流の言い回しである。

で、シブシブとチップを一枚投げてやると、「メルスィ、メルスィー、ボークー」と、大げさな喜び方をする。もっともチップ一枚と言ったって百フランのハイレート台ならば、千八百円の大金である。いちいち勝つたびにそんなことをしていたのではたまったものではない。

ただし、このカジノのディーラーは腕が確かな割には頭が単純で、チップを投げた客を優遇する傾向がある。ということは、アンギャンの必勝法はただひとつ、自分はチップをたまに投げ、一方で絶対にチップを投げぬ意地っ張りの客の反目に、コマを張り続ければよいのである。

かくてこの夜もぶっちぎりの大勝利。どうせチップを投げるのなら、深夜のハイウェイを十五分でパリまで走ってくれたドライバーに五百フラン。

これは遊び人のマナーである。

ラスベガス万歳！

ラスベガスを一年ぶりに訪れて、腰を抜かした。

いくら好景気だからと言って、たった一年の間にこれほど様変わりをするものであろうか。

まずストリップのどまん中、シーザーズパレスの隣に三千室のベラッジオがそそり立つ。ホテルの正面は北イタリアのコモ湖を模したという広大な池で、毎夜カンツォーネに合わせて噴水の踊る華麗なショーがくり拡げられる。総工費十八億ドル。カジノは明るくハイソサエティな雰囲気で、広さ四三八四坪、スロットマシン二七〇〇台という規模である。

その向かい側には二九一四室のパリスがオープン。とうとうラスベガスに、本物そっくりのエッフェル塔が建った。おまけに凱旋門もルーブルも、オペラ座だってあるのだ。

ルクソールのピラミッドのさらに南、つまりマッカラン空港からはほんの目と鼻の先に建ったのが、話題のメガリゾート、マンダレイ・ベイ。客室数三七〇〇室。高さ一八〇センチの波の出るプールとか、一万二千人収容のイベントセンターなどもある。来年のオープンをめざして建設中のショッピング・センターは、何とシーザーズのフォーラム・ショップスの二倍もあるそうだ。

とどめは、ミラージュの向かいに建ったヴェネチアン。とりあえず三〇三六室での開業だが、第二期工事が完成すると総客室数六千室という、ブッちぎりの世界最大ホテルになる。正面には高潮の心配がないサンマルコ広場があり、運河にはゴンドラだって浮かんでいる。

いったいぜんたい、アメリカという国はどうなっちまっているのであろう。たった一年の間にこんなバカでかいホテルがボコスコ建って、それでも全ホテルの客室稼働率が九十パーセントを超えるというのである。

もしかしたら、近ごろＪＲＡの売上が減っているのは不景気のせいではなく、大勢の馬券オヤジがハイローラーに変身して、ラスベガスに通っているからではあるまいか。

実は私の知り合いに、その通りのオヤジがいるのである。

彼がＪＲＡからラスベガスへと改宗したのは去年のローカル開催時のことであった。なにせ手のつけられないぐらいの馬狂であるから、毎週末には札幌へと飛ぶ。ところがあるとき、羽田―新千歳間の航空運賃よりも、成田―ラスベガスの格安チケットのほうが断然安いという事実に気付いたのである。

まったくもって、世界の七不思議と言えよう。正規運賃にしたところで、似たようなものなのだ。ただ違う点といえば、羽田―新千歳間が一時間半なのに比べ、ラスベガスに行くのには九時間半かかるということである。しかしこれもよく考えてみれば、一時間半しか飛ばぬ国内便よりも九時間半かかって飛ぶ国際便のほうがなにゆえ値段が安いのかという不条理につき当たる。ラスベガスはものすごくお買い得、という気がする。

そこで彼は、札幌競馬に費やす週末の二日間に三日の有給休暇をくっつけて、エイヤッとラスベガスに飛んだ。

驚くべきことには、安いのは交通費だけではなかった。札幌のセコいシティ・ホテルに泊まる予算で、ラスベガスでは目もくらむようなスイート・ルームが用意される。ススキノで一杯やる金で、世界各国の豪華でおいしいフルコースが食える。おまけに、酒はタダなのだ。カジノには興味がない、競馬じゃなけりゃイヤだ、という向きには、ちゃんとスポーツベッティングなる巨大コーナーが全カジノにあり、アメリカ中の競馬はもちろんのこと、カーレースから大リーグの試合から、果てはアイス・ホッケーやゴルフ・トーナメントまで、リアルタイムに金が賭けられるのである。

しかもカジノは二十四時間営業、年中無休。金と体の続く限り、とことんバクチが打てる。かくて彼は、二十年間うまずたゆまず付き合ったＪＲＡといとも簡単に袂《たもと》をわかち、「月に一度のラスベガス」へと乗り替えたのであった。

この手合いはたぶん大勢いると思うのだが、実態は調べようがない。

ところで、思い出すのもいまいましいが、私は今回のラスベガス行きで、私的カジノ史上最大の惨敗を喫してしまった。

ただし、親類縁者もしくは取引銀行担当者の手前きちんと説明しておく。私のバクチは思いがけなくセコいので、惨敗と言ったってタカが知れている。競馬場のスタンドでは異常に興奮するクセがあるから、周囲の人の目にはよっぽどのハイローラーに映るのかもしれないが、その実、JRAの売上になんか全然貢献していないのである。

わかりやすく言うなら、根がセコい私には「日本円1円＝浅田円10円」とする独自の換算レートがある。

では、その私がなにゆえこのたびのラスベガスで大敗を喫したかというと、ベラッジオのカジノの奥深くに、仙境のごとく存在せるハイローラー・マシンに嵌まったのであった。

ラスベガスのカジノには、客の予算に合わせたマシンが幅広く用意されている。最低レートは五セント。つまり一勝負が五円である。まったく罪がない。そこいらのゲーセンよりも金を使わないくらいである。

その上が二十五セント。このレートが最も一般的で数も多いから、ラスベガスというところは案外安全なギャンブルを提供していることになる。

ただし、上はいくらでもある。一ドル。五ドル。だいたいここまでが一般客用で、これよりハイレートになると、どこのカジノでも奥深くの一角に仙境のごとく囲われた「ハイローラー・コーナー」に設置されている。

そこのマシンの最低レートは一コインが十ドル。三枚がけのスロットだと、一勝負が三千円ということになるから、これは少々シビれる。そして、二十五ドル。五十ドル。百ドル。このくらいになると、指先が震える。ここはパチンコ屋ではないという実感がある。

たとえば百ドルのマシンで一晩ハマッたとすると、一千万円ぐらいは軽く負けるのである。まだその上もある。私は一回千ドルという恐怖のマシンを発見して、まさか自分でやるはずはないけれど、誰か挑戦するやつがいたら拝んでやろうと、一時間ぐらいその近くで待っていた。たかがスロットやポーカーゲームの一瞬に、一発十万円の金を賭けるやつは天才的ギャンブラーか底抜けのバカか、そのどちらかであろう。しかしやっぱり待てど暮らせど、天才もバカもやってはこなかった。

私がハマッたのは一ベットが二十五ドルのポーカーゲームである。けっこう冷汗が出る。百ドル札、つまり約一万円をスルスルとマシンに入れて、ベット表示されるのはわずかに4ポイント。だいたい一回の勝負は三秒ぐらいで決着がつくから、ブタが四回続けば十二秒で一万円がトケる。

しかし、ラスベガスのマシンは公明正大なので、けっこうひんぱんに役ができる。この「勝てそうな感じ」というのがたまらない。

困ったことには、アメリカのカジノはどこでもそうなのだけれど、千二百ドルの払戻しに対して三十パーセント程度の税金が課せられる。つまり、二十五ドルマシンではポイントが四十八になると自動的に「打ち止め」となり、係員がやってきて無理無体に三十パーセントの税金を差し引いた残額を、現金でよこすのである。むろん同じマシンでゲームを再開するのは自由なのだが。

ということは、このマシンで勝つためには、四十八ポイント以下でコインをペイ・アウトしながらゲームを継続しなければならない。これが実に難しい。

たとえば四十七ポイントでペイ・アウトすれば、一一七五ドルの現金が無税で手に入る。しかし四十八ポイントで打ち止めになってしまうと、三十パーセントが控除されて八四〇ドルの払戻しになってしまうのである。

たいそう理不尽な話だが、それがルールなのだから仕方がない。

マシンには必ず好調不調の波があるから、四十ポイントぐらいまで勝ったあたりで、そろそろペイ・アウトするかなと思った瞬間、フルハウスが出現しちゃったりする。で、めでたくゲーム・オーバーとなり、税金を支払う羽目になる。

この寸止めの勘どころが面白くなったところから、つまり俺の相手はラスベガスでもベラッジオでもなく、ネバダ州とアメリカ合衆国だと感じながら、私はハマッたのであった。

すでに機械的な設定がなされたマシンを敵に回し、なおかつ三十パーセントの税金を取られながら徹夜したのでは、たまったものではない。

しかし、だとすると一回五百ドルとか千ドルとかというマシンの場合、この規則はいったいどうなっているのであろうか。いまだに解けぬ謎である。

ラスベガスでの損失を菊花賞で取り返そうなどと考えた私は愚かであった。

ラスカルスズカはまっすぐ走れば必ず勝つと信じたのに、ああ。

あとがきにかえて——

合言葉は「サイマー！」

ここに一葉の遺影がある。

第百十八回天皇賞の馬場入場直後における、サイレンススズカ号の写真である（口絵最終ページ）。

私はかつて、これほど悲しみに満ちた生き物の表情を見たためしがない。

物言わぬ名馬は、おそらくおのれの余命が数分しか残されていないことを、正確に予知している。

鞍上の騎手もまた、ふだんとは違う愛馬の気配を悟ってか、表情を翳らせている。ファンが良く知る通り、このジョッキーが表情を露わにすることは極めて稀である。

そしてその姿を、埒《らち》のかたわらから、久保吉輝氏のカメラが捉えていた。

競馬という特殊なジャンルを離れても、おそらく写真史上に残るにちがいない名作『遺影』はこうして世に生まれた。

サイレンススズカという一個の天才。武豊という天才ジョッキー。

そして天才カメラマン久保吉輝の三者が、この一葉の奇蹟を生み出したのである。あるいは天上の美神《ミューズ》が、奇蹟的に集合した三つの才能に、美しいものを美しいままにとどめ置く一瞬を、与え給うたのかもしれない。

11月11日第11レース。1枠1番。そして断然の1番人気。

不可思議な1の数字の羅列を背負って、サイレンススズカはいつものように馬群の先頭を単騎で走り、そして第四コーナーからは天に続く直線《ストレッチ》を、一気に駆け昇って行った。

天才という言葉を、安易に使いたくはない。

生まれついて格別に備わった才能は、誰にも少なからずあるはずだからである。そのわりに天才を感じさせる人間がいないのは、あらかたの人々がおのれの才に気付かぬか、信じぬか、あるいは才の存在に溺れて磨くことを知らぬからであろう。すなわち、おのれの才にいち早く気付き、かつそれを信じ、才に恥じぬ努力を積み重ねることのできる者だけが、天才という称号を得られるのである。

言うのは易いが、これを現実に行うことのできる人間は少ない。天才が稀有であるそもそもの所以《ゆえん》である。

世に天才を自称する天才がいないという理由も、つまりはそれであろう。才に恥じぬ努力を続ければ、その才が大きければ大きいほど努力も必要とされる。そうして世に出ることのできた者は、もはや誰も自分の才能など信じてはいない。努力の結果、当然かくあるのだと思う。真の天才とはそういうものである。

もともと能力のあるサラブレッドほど、自ら進んで懸命にトレーニングをするのだそうだ。そう思えば、非才を嘆き、あるいは悲運を口にする人間は馬よりも愚かしい。

久保吉輝氏と出会うたびに、私はいつも天才ミケランジェロ・ブォナローティの風貌を思い起こす。べつにミケランジェロを知悉しているわけではないけれども、彼の飄々《ひょうひょう》とした印象や、鶴のごとき痩軀や、鋭い眼光が、その自画像に通ずるのである。

偶然ではあるまい。狙い定めたオブジェを長く見つめ続け、見究めようとし続ければ、表現者はたぶん同じような顔になる。ミケランジェロが聖母マリアを見つめ続けたように、彼は聖なるサラブレッドをファインダーの中で見つめ続けてきた。

人知の及ばざる聖なるもの。その姿を描きとろうとする人間。

太古から続いてきたこの営みこそが、芸術というものの正体であろう。だからこそ芸術家は芸術を語らず、天才は自ら天才と称することがない。芸術を語り天才を称したとたんに、人知の及ばざる聖なるものを描く資格は、たちまち喪われるからである。

久保吉輝氏を親しく知る人はみな、なるほどと肯かれるであろう。

彼は今日も、ホームストレッチの埒に蹲《うずくま》ってカメラを構えている。

ところで、本書『サイマー！』が世に出ることになったいきさつは、まったくの偶然なのである。

久保氏は写真を撮影するために、私はエッセイを書くかたわら馬券を買うために、それぞれ異なった目的で世界中を旅していた。

たまたまカジノという共通の趣味もあったから、そうこうするうち私たちは気の置けぬ弥次喜多になった。つまり、弥次さんは馬を撮影した残りのフィルムで、喜多さんの姿を撮っていてくれたのである。

どちらが言い出すでもなく、ぜんぶひっくるめて一冊の本にしちまおうという話が持ち上がったのは、ロンドンのパブであったか。

ずいぶんいいかげんな経緯ではあるが、いざ出来上がった本を見ると、なかなかどうして、いい仕事である。

はなから目論んで作れば、こうはなるまい。いわば競馬に臨むオヤジのナマの姿とナマの声が、この本には詰まっている。

ともあれ、同じ年代に東京と大阪に産ぶ声を上げた二人は、長じて競馬に魅せられ、何の因果か世界道中をするはめになった。

どちらかが血を吐いて倒れるまで続くにちがいないこの旅の合言葉は、「サイマー!」の一言である。

解説

鈴木淑子

なんて、おしゃれでいらっしゃるのでしょう。

はじめて東京競馬場で浅田次郎先生をお見かけしたとき、そう思いました。まだ浅田先生と存じ上げないときです。

それから、毎週のように遠目にお姿を拝見していました。

場所は指定席フロアの馬券売場付近です。

私はいつも十時すぎ、第二レースくらいの時間に東京競馬場に到着して、指定席フロアを通り、ゴンドラ席にある報道フロアのテレビブースへ向かうのですが、そのときお見かけしていたのです。

その後、『鉄道員《ぽっぽや》』で直木賞を受賞され、お顔がニュースに出て、あのおしゃれな紳士が浅田先生と知りました。

私は先生のことを、常に第一レースからご覧になる（勝負する？）大変なファンでいらっしゃるのだなあとも思っていました。開門と同時に入場されていることは後に伺いました。

とにかく、いつもおしゃれ。

仕立の良いスーツ、時にはベストもお召しになり、ネクタイをきちっと締めて、ボルサリーノ（たぶん）のお帽子。ひと際目立ってカッコよいのです。

そしてそれは、そのフロアの中で、とても清々しいお姿だったのです。

私事で恐縮ですが、昭和五十八年三月六日、中山競馬場で弥生賞が行われた日、私は競馬とめぐり逢いました。

フジテレビの競馬中継の司会という仕事を通じてでしたが、都心からそう離れていないところに、こんなに広い競馬場があり、とてもきれいなことにまず驚きました。

そして、近くで見るサラブレッドの大きくて美しいこと。疾走する蹄《ひづめ》の響き。スタンド前の直線で沸き起こる、放送席を揺るがすほどの大歓声。何もかも生まれてはじめての経験で、肌が粟立ち、興奮しました。さらにビギナーズ・ラック。弥生賞の一着ミスターシービー、二着スピードトライ、枠連③―⑧1600円を500円持っていたのです。生まれてはじめて買った馬券が8000円に。まさにビギナーズ・ラック。わあ、ドキドキさせてくれるうえにこんなに儲かるなんて、世の中にこんなに面白いものがあったんだわ、この幸運を届けてくれたミスターシービーという馬を一生応援しよう――と競馬デビューの日にすっかりとりこになってしまったのです。

ふつうは、このビギナーズ・ラックを味わう人が多いはずと思うのですが、浅田先生は、馬券をはじめてお買いになった昭和四十四年の日本ダービーで、本命タカツバキの落馬により、ビギナーズ・アンラックになったとお書きになっています。

一番人気のタカツバキが落馬した第三十六回日本ダービーのことは、競馬を始めてすぐに、先輩アナウンサーやスタッフから聞いていました。そのとき、タカツバキから馬券を買っていた人はさぞかしショックだっただろうなあと、同情したことをよく覚えています。そのおひとりが浅田先生で、しかもはじめて馬券を買われた日だったとは。

そのタカツバキのダービーが終ったあと、大国魂神社の欅の根元で輪ゴムでとめたはずれ馬券の束を捨てるに捨てきれず、いつまでも未練がましくながめ、呆然自失していらしたという若き日の先生。そこから真剣かつストイックな競馬人生が始まったと書かれているとおり、それは、そのとき、競馬の神様が降りてこられたのではないかと思ったりします。

たまたまビギナーズ・ラックで馬券が当たり、競馬ファンの仲間入りをした私はといえば、頑張るサラブレッドたちへ敬意をこめ、映画『マイ・フェア・レディ』でみる競馬場の紳士淑女のようにおしゃれをして競馬場へ行きたいと思うようになり、テレビ出演でもそれを心がけていました。

ですから、とびきりおしゃれでカッコイイ浅田先生がとても素敵だと、遠くから拝見しつつ、ときめいていたのです。

身なりを整えて博奕に出掛けるのは、「博奕は神と闘う遊戯。そしておのれと向き合う場所」という、おじい様、お父様からの家訓とのことで、浅田家の伝統に敬服するばかりです。

競馬から学ぶことが多いのは、二十年の経験（浅田先生の足元にも及びませんが）を通じて、私にもわかります。

まず、予想も、レース展開も、思い通りには行きません。

絶対にこの二頭でカタイと言われても、そうならないことのほうが多いのです。そのたびに私たちは、何事も自分の考えどおりには運ばない、思いどおりに行かないことを痛感させられるのです。

思いがけない血のドラマや、想像を超えるマッチレース、常識を覆す激走など、たくさんの感動と興奮を味わわせてくれる一方で、自分の情けなさ、小心ぶり、至らなさをいやというほどつきつけられる競馬。

よく、「たかが」「されど」という話の引き合いに競馬が持ち出されることがありますが、浅田先生はきわめて深く、「たかが博奕、されど博奕」とおっしゃっています。そこには、「おのれの生涯をかけるにふさわしい道の見出せぬうちは、決して遊んではならない。道を発見し、努力を惜しまぬ決意さえできれば、遊びはすべて人生にとって有効なものに姿を変える。そしてこうした真摯な遊びを知らぬ者に、さらなる大きな道が開けることはない」というような奥深い教訓がたくさん込められています。まだまだ私など精進がまったく足りません。

恥ずかしながら、とても読書好きとは口に出せないほど、私は活字が苦手ですが、浅田先生のご本は何冊も読ませていただいています。ファンのひとりです。

『天国までの百マイル』は、JRAの若手騎手に薦められました。彼がフランス競馬を観戦に出掛けたとき、パリのセーヌ川のほとりで読んで大変感動したそうです。

その中に登場する天才外科医の台詞に、「オープン・ユア・ハート」という言葉がありますが、浅田先生は、その言葉をそのまま、所有されるサラブレッドの名前にお付けになりました。

また、拝読させていただいた作品は、どれも泣けて泣けて困ります。

地下鉄や新幹線、あるいは飛行機での移動中に読んでいるときは特に困ります。涙があふれてくるのです。そこでやめればいいのに、先がどうなるのか知りたくてついやめられず、涙ハラハラ、鼻水をすすり、嗚咽をかみ殺す羽目に――。

海外へ競馬観戦に向かう機内で、その状態でいたときのことです。「ご気分でもお悪いのですか」と、女性キャビンアテンダントのかたが心配して声をかけてくれました。理由を説明すると、「あ〜、わかります。私も読みました。泣けますすよねえ」と、一気に意気投合したことがありました。

本書『サイマー！』からは競馬に対する泣けてくるほど真摯な思いが伝わってきます。そして人々を感動させる先生のたくさんの作品の中にも、競馬をはじめとする博奕で培われたものが生きているのではないかと感じたりもします。

先生は、どこの国、どこの競馬場にいらしても、この本にお書きになったようなスタンスはお変りにならないようです。

必ずパドックで、ご自分の目で馬をご覧になっていらっしゃいます。

そしてあるときはロンシャンの馬券売場で、またあるときは馬券の売っていないドバイのナド・アルシバのカクテル光線きらめくパドックで、とても声などおかけできないオーラに身を包んでいらっしゃいます。

海外の競馬場でスタンドを見上げると、どこでもそこに先生の、いつもどおりのおしゃれなお姿があり、嬉しいやらホッとするやらなのです。

盛岡競馬場でも、何度かお見かけしています。

遠くから拝見していると、ご一緒の奥様のほうが当たっていらっしゃるように思えます。あるとき、最終レースで勝負された先生はハズレで、奥様は的中。払い戻しを受けられる奥様を所在なさそうにお待ちになりながら、時折チラッと払い戻し機をのぞき込むお茶目なお姿も、とても素敵だと思いました。

まさに競馬の達人。博奕の鉄人。

先生はこうお書きになっています。

「人生同様、済んでしまったレースに『イフ』はない。『イフ』はレースが始まる前に、徹底的に思いめぐらすものである。おびただしい仮説、ありとあらゆる可能性の中から、最善のものを選択すること、それが人生の局面にせよ競馬の予想にせよ、『努力』というものの正体だと私は思う」

このお言葉、身に沁みました。

競馬の最大の魅力は、どんな楽しみかたでもＯＫ、〝何でもあり〟にあると思い、二十年間ただひたすら〝ミーハー競馬〟の私。学ばせていただくことがありすぎます。

競馬ファンならよくご存知のとおり、競馬はとても楽しいものです。

浅田先生のこの『サイマー！』をお読みになって、競馬をご存知ない浅田次郎ファンの読者のかたが競馬の魅力に触れ、競馬ファンが増えてくれたらと願い、またそうなることを確信しています。

（競馬パーソナリティー）

初出
「優駿」一九九七年三月号〜一九九九年十二月号
「Bart」一九九七年十一月二十四日号〜一九九八年
三月九日号

口絵写真撮影／久保吉輝
口絵・本文デザイン／藤井康生

日本音楽著作権協会（出）〇五一四五三一－五〇一

この作品は二〇〇〇年四月、集英社より刊行されました。

文庫化にあたり、大幅に加筆・再編集しました。

また二〇〇五年現在とは各競馬場の諸元等の状況が異なる部分もありますが、本文はほぼ単行本刊行時のままとしてあります。

集英社文庫

浅田次郎の本

鉄道員(ぽっぽや)

娘を亡くした日も、妻を亡くした日も、男は駅に立ち続けた——。心を揺さぶる〝やさしい奇蹟〟の物語。第一一七回直木賞受賞作。

プリズンホテル　1　夏

任俠団体専用（？）の不思議なホテルに集まる人々の笑いと涙の傑作コメディ。浅田次郎の初期を代表する大傑作シリーズ。

プリズンホテル　2　秋

今宵、我らがプリズンホテルへ投宿するのは警視庁青山署と大曽根組のご一行。愛憎がぶつかる温泉宿の夜は眠れない……。

プリズンホテル　3　冬

プリズンホテルに冬がきた。雪深い宿にやってくるのは今宵も事情《ワケ》ありなお客人……。雪に涙がしみわたる。

プリズンホテル　4　春

なんと、孝之介が文壇最高のステータス「日本文芸大賞」にノミネートされた……。笑って泣ける感動の大団円。

天切り松　闇がたり　第一巻
闇の花道

冬の留置場で、その老人は不思議な声色を使って遥かな昔を語り始めた——。時は大正ロマンの時代。粋でいなせな怪盗たちの大活躍。

浅田次郎の本

集英社文庫

天切り松　闇がたり　第二巻
残　俠

ある日、安吉一家に現れた時代がかった老俠客。幕末から生き延びた清水一家の小政だというのだが……。義賊一家の大活躍第二弾。

天切り松　闇がたり　第三巻
初湯千両

シベリア出兵で戦死した兵士の遺族を助ける説教寅の男気を描く表題作など、ごぞんじ我らが目細の安吉一家の大活躍第三弾。

活動寫眞の女

昭和四十四年、京都。太秦映画撮影所でアルバイトをすることになった友人が恋に落ちたのは三十年も前に死んだ女優の幽霊だった……。

王妃の館(上・下)

贅沢三昧ツアーと格安ツアーが、パリの超高級ホテルに同宿!? 倒産寸前の旅行会社が企てた、〞料金二重取りツアー〟のゆくえは……。

オー・マイ・ガアッ!

くすぶり人生に一発逆転、史上最高額のジャックポットを叩き出せ! ラスベガスを舞台に描く笑いと涙の傑作エンタテインメント。

集英社文庫

サイマー！

2005年12月20日　第1刷

定価はカバーに表示してあります。

著　者　浅《あさ》　田《だ》　次《じ》　郎《ろう》

発行者　加　藤　　潤

発行所　株式会社　集　英　社

東京都千代田区一ツ橋2—5—10
〒101-8050

電話　03（3230）6095（編　集）
（3230）6393（販　売）
（3230）6080（読者係）

印　刷　大日本印刷株式会社

製　本　大日本印刷株式会社

本書の一部あるいは全部を無断で複写複製することは、法律で認められた場合を除き、著作権の侵害となります。

造本には十分注意しておりますが、乱丁・落丁（本のページ順序の間違いや抜け落ち）の場合はお取り替え致します。購入された書店名を明記して小社読者係宛にお送り下さい。送料は小社負担でお取り替え致します。但し、古書店で購入したものについてはお取り替え出来ません。

© J. Asada　2005　　Printed in Japan

ISBN4-08-747891-2 C0195